"DOMAINE FRANÇAIS"
Ouvrage édité sous la direction
d'Evelyne Chanet

DIS-MOI QUELQUE CHOSE

DU MÊME AUTEUR

COMME TU AS CHANGÉ, Editions de l'Olivier, 1992.
COMME TON PÈRE, prix Renaudot 1994, Editions de l'Olivier, 1994 ;
"Points" Seuil n° P 130.
ÉTONNE-MOI, Editions de l'Olivier, 1997 ;
"Points" Seuil n° P 448.

ISBN 2-7427-2025-1

Illustration de couverture :
Venedig (Treppe) (détail), 1985
Öl auf Leinwand, 50 x 70 cm

GUILLAUME LE TOUZE

DIS-MOI QUELQUE CHOSE

roman

ACTES SUD
HUBERT NYSSEN EDITEUR

à Monique

Et si je ne parvenais pas à écrire ce livre, qu'est-ce qui est le plus important, la littérature ou la vie ?

1.1.95 ML

1

Comme tous les matins, Claire vient secouer Igor trois ou quatre fois avant qu'il se lève, les oreilles pendantes comme un lapin endormi. Lorsque Igor entre dans la cuisine, Laurent quitte déjà la maison. Il s'assied devant son bol de lait chaud mais refuse d'avaler les tartines qu'Yves lui a préparées. Blottis l'un contre l'autre sur le banc, ses parents fixent leurs tasses de thé. Yves n'ose pas demander à son fils pourquoi il n'a pas faim et Claire n'a pas le courage de lui dire que la matinée va être longue s'il a le ventre vide. Ils attendent, anxieux de savoir s'il va ou non pleurer avant de partir pour l'école. Igor sent son estomac se serrer de plus en plus. Il ne parvient pas à chasser les images de la maîtresse en train de crier sur les élèves, le sentiment d'être toujours pris en faute, l'interdiction d'aller faire pipi pendant la classe, la peur sur l'estrade qui fait oublier la récitation, les fautes d'étourderie pour lesquelles on se fait tirer les cheveux… Et en posant ses deux mains sur le bol pour le porter à ses lèvres, les sanglots éclatent, immenses et déchirants dans le silence de la cuisine.

Claire bondit pour prendre Igor dans ses bras et renverse le bol de lait sur son tailleur. Yves regarde droit devant lui en respirant fort pour se maîtriser. Il se sent douloureusement impuissant. Lorsque Igor est entré à la grande école, il a pleuré presque tous les matins pendant les deux premiers trimestres. Les deux années suivantes, ça s'est un peu arrangé parce qu'il aimait bien sa maîtresse mais depuis septembre, c'est reparti de plus belle. Avec Laurent, la question ne s'est jamais posée, il était toujours prêt à l'heure dite, on ne savait pas si cela lui plaisait ou non mais il avait très vite assimilé que ça faisait partie des choses inévitables. Avec Igor, c'est exactement l'inverse, il passe des heures à se demander qui a décidé que l'école était obligatoire, à quoi elle sert et si par hasard, il n'y aurait pas une solution pour y échapper. Lorsque les enfants sont nés, Yves et Claire avaient espéré réinventer pour eux un monde à la mesure de leurs rêves. Yves a passé des journées entières à dessiner avec Igor des planètes qui n'existaient que dans leur imagination. Et à quoi cela servait-il si, aujourd'hui, il ne parvient pas à dissiper les angoisses d'Igor, s'il est incapable de faire en sorte que son fils ne revive pas ce qu'il a vécu, enfant, à l'école ? Yves tourne la tête pour cacher son embarras.

Claire prend la main d'Igor et l'emmène à la salle de bains. Elle enlève son tailleur, déshabille son fils, pose un gant de toilette mouillé d'eau fraîche sur son front. Les sanglots d'Igor se calment et il enserre les jambes de sa mère avec les bras. Claire pousse un petit cri en sentant le gant humide et froid contre sa combinaison ce qui leur permet enfin de rire. Le temps de remettre des vêtements propres, l'heure a tourné. Yves et Igor partent en retard de la maison.

La porte de l'école est fermée. Igor se jette contre le battant en bois. Des lambeaux de peinture écaillée tombent sur ses chaussures, le panneau plie sous le choc mais la serrure tient bon. C'est la troisième fois qu'il est en retard cette semaine, la directrice va encore hurler.

Quand il comprend que la porte ne cédera pas, Igor se retourne pour demander de l'aide à son père. S'il le prend par la main pour l'emmener chez la directrice, il ne se passera rien. Yves la regardera droit dans les yeux en souriant, elle n'osera pas crier. Mais Yves a déjà disparu. Igor voit la voiture tourner au coin de la rue et comprend qu'il devra encore se débrouiller tout seul. Il n'a plus envie de pleurer, il s'assied sur la marche devant la porte. La rue est déserte, rien ne l'oblige à entrer dans l'école. Il se relève, regarde à droite puis à gauche, personne en vue. Igor marche tout droit sans se retourner. En passant devant la grille d'un pavillon, il remarque la végétation abondante qui déborde sur la rue. Il soulève les lianes du chèvrefeuille et cache son cartable sous la verdure. Il plante les deux mains au fond de ses poches et avance en relevant la tête. Igor fait le tour du pâté de maisons en tentant de se persuader qu'il ne fait rien de mal. Il prend l'avenue qui longe les entrepôts de rhum pour aller vers le square. Dans l'une des rues à droite, il y a le collège de Laurent.

En passant devant un café, Igor observe les vieux qui boivent du vin rouge, debout au comptoir. Brusquement, à travers la buée du carreau, il aperçoit Laurent. Igor reste pétrifié sur le trottoir. Il sait que Laurent n'a rien à faire dans cet endroit, surtout avec une cigarette entre les lèvres. A cette heure-ci, il devrait être en cours. Le temps que Laurent sorte pour venir jusqu'à son frère, Igor espère encore partager avec lui un peu d'intimité. Maintenant, ils auront un secret en commun. Si Laurent se tait, Igor saura, lui aussi, tenir sa langue. Mais quand il voit le visage sévère de son frère, son sourire disparaît.

"Qu'est-ce que tu fais ici, tout seul à cette heure-ci ?

— Je me promène... Et toi, tu n'es pas au collège ?

— C'est moi qui pose les questions. Pourquoi tu n'es pas à l'école ? Tu veux que j'appelle les parents ?

— C'est fermé... J'étais en retard, la porte était encore fermée. Ça fait trois fois cette semaine. Garde-moi avec toi. Je peux rester ? Je ne t'embêterai pas, je resterai dans un coin. Tu me paies un chocolat ?

— Tu n'as rien à faire ici. Suis-moi, je te ramène à l'école."

Laurent attrape la main d'Igor et le traîne en sens inverse jusqu'à l'école.

"Et arrête de pleurer comme un bébé. On dirait une fille.

— Je ne suis pas une fille. Je ne pleure même pas."

Sans rien dire, Igor récupère son cartable sur le muret du pavillon. Laurent sonne à la porte des maîtres et la directrice apparaît.

"Bonjour madame. Je suis le grand frère d'Igor. C'est moi qui l'ai accompagné, nous avons eu un problème à la maison. C'est pour ça qu'il est en retard... Mes parents s'excusent, ils n'ont pas eu le temps de faire un mot.

— C'est grave ?

— Non, ça va aller. Excusez-nous.
— Entre.”

Igor suit la directrice en silence dans les couloirs de l'école. Elle ouvre la porte de la classe sans frapper.

“Restez assis. Va t'asseoir à ta place.”

Elle s'approche de l'estrade et parle à l'oreille de la maîtresse. La leçon reprend immédiatement.

A la récréation, Yves retrouve Claire dans la salle des professeurs. Ils n'ont pas encore eu le temps de se parler depuis le début de la matinée. Claire lui tend un gobelet fumant et il l'entraîne vers l'escalier de l'administration. Lorsqu'ils sont tous les deux leurs collègues n'osent pas les aborder. Leur couple attire instinctivement la sympathie des élèves. Souvent en début d'année, ils disent à Claire : “Madame, on a aussi Yves en sport…” avec un sourire complice, et elle leur demande de le lui répéter en anglais. A l'inverse, leur histoire provoque une certaine méfiance chez leurs collègues qui sont pour la plupart divorcés ou, s'ils ne le sont pas, occupent leurs soirées à comparer le niveau de leurs élèves respectifs. L'association de leurs deux disciplines semble vaguement suspecte. La présence de Claire au gymnase en fin d'après-midi, dans ses robes ajustées, hurlant pour encourager ses élèves aux matchs interclasses de volley, ou encore l'anglais courant d'Yves semblent déranger.

Yves et Claire se regardent, ils pensent tous les deux à la même chose mais aucun n'ose ouvrir la bouche. L'entraînant derrière un des panneaux de l'expo de la classe d'arts plastiques, Yves prend Claire dans ses bras et il repense à l'enterrement de son père. Il se souvient s'être enfermé un long moment entre les bras de Claire à la porte de la chambre mortuaire. Il s'était dit à ce moment-là qu'il aurait été incapable de surmonter la mort de son père sans elle. Il enfonce la tête entre ses seins et respire son parfum. Le monde lui semble moins lourd à porter. Yves se redresse, il sait que Claire n'aime pas particulièrement les postures d'intimité dans l'enceinte du lycée. Elle lui demande enfin comment s'est passé l'arrivée d'Igor à l'école.

"Ça allait... Il n'a pas pleuré dans la voiture."

La première sonnerie retentit. Yves retourne au gymnase et Claire se dirige vers le laboratoire de langues.

Le soir, c'est Claire qui va chercher Igor à l'école. Elle ne tient pas particulièrement à croiser la directrice. Ils ont été convoqués plusieurs fois depuis le début de l'année et elle préfère limiter leurs relations au strict minimum. Elle aperçoit dans le rétroviseur son fils qui court vers la voiture. Il ouvre la portière, jette son cartable sur la banquette et s'accroche au cou de sa mère. Ils ont une soirée entière devant eux pour oublier que demain il faudra retourner à l'école. Claire démarre sans prêter attention à la directrice qui lui fait de grands signes.

Bien que ce soit un soir de semaine, Claire et Yves prennent le temps de parler des prochaines vacances avec Igor. Installés tous les trois au salon, ils oublient un moment l'horloge. Ils promettent de l'emmener plonger avec eux dans les calanques comme l'été dernier. Le dîner est long et joyeux, Laurent trouve même que la quiche est bonne et se ressert.

Lorsque Igor se couche, ses parents viennent s'asseoir chacun d'un côté de son lit pour lire une histoire. Ils se tiennent enlacés au-dessus de lui comme un édifice solide. Igor sent l'odeur du tabac brun sur la chemise de son père et celle plus délicate du parfum de sa mère. Il est à l'abri, plus rien ne peut lui arriver. Il s'endort avant la fin de l'histoire.

Quelques heures plus tard, Igor se réveille en larmes. Il se retourne plusieurs fois dans son lit sans parvenir à se rendormir. De nouveau, il a le ventre rempli de ciment. Il tend le bras sans trouver l'interrupteur de sa lampe de chevet et appelle sa mère. Plusieurs fois, il répète "maman" sans obtenir de réponse. Il essaie "papa", espérant que ça marchera mieux mais il n'a plus de réponse.

Igor se lève dans le noir et se dirige vers la chambre de ses parents. Derrière la porte, il perçoit des murmures et comprend qu'ils sont réveillés. Ils l'ont entendu et n'ont pas répondu. Igor pousse la porte. Dans le lit, ses parents sont trop occupés pour remarquer sa présence. Sa mère émet des gémissements qui impressionnent Igor.

"Maman, papa… Je vous ai appelés."

Dès qu'il ouvre la bouche, ses parents posent sur lui un regard hostile et leurs corps se séparent.

"Igor, tu sais bien que tu dois frapper avant d'entrer !"

Igor monte sur le lit de ses parents, il a les yeux rouges de sommeil.

"Je n'arrive pas à me rendormir. Je pense à l'école."

Yves repousse la couette pour faire entrer son fils dans le lit. Les corps de ses parents se referment sur Igor comme une vague chaude.

Ils nagent tous les trois entre des bancs de poissons, au-dessus d'eux le soleil est brûlant. Sa mère lui caresse les cheveux pour lisser ses tempes humides de transpiration. Si sa mère et son père, à tour de rôle, restaient à la maison, ils pourraient faire la classe à Igor. Il a entendu dire que si les parents fournissaient la preuve qu'ils donnent eux-mêmes des leçons à leurs enfants, on n'est pas obligé d'aller à l'école.

Le bloc compact que formaient les corps se détache. Yves rallume, se redresse sur un coude et échange un long regard avec Claire. Il remonte son oreiller et s'adosse au mur.

"Igor, mon bonhomme, il faut que tu comprennes… D'abord, nous avons du travail tous les deux et ce n'est pas possible de rester ici pour te faire la classe. Et puis, ce n'est pas notre métier… Avec nous, tu n'apprendrais pas bien comme il faut…"

D'un regard, Yves appelle Claire au secours mais elle se contente de lui sourire en signe d'approbation.

"Il faut te dire que tu passes plus de temps en dehors de l'école qu'à l'école.

— Ce n'est pas vrai, j'ai compté…

— Si tu ne vas pas à l'école tu ne sortiras jamais d'ici, tu ne rencontreras personne…

— Moi, j'aime bien être ici.

— Igor, il faut apprendre à vivre avec les autres. On ne peut pas vivre tout seul… Regarde, si j'étais resté tout le temps chez mes parents, je n'aurais pas su comment on parle à une fille… Quand j'ai rencontré ta maman, je n'aurais pas su comment m'y prendre. Peut-être même que je ne serais pas tombé amoureux d'elle… A l'école, tu rencontres d'autres enfants, tu te fais des amis."

Igor ferme les yeux. Yves et Claire pensent qu'il est sur le point de s'endormir, comme si le discours de son père l'avait apaisé. Ils éteignent la lumière et se rallongent.

Dans le noir, Igor ouvre les yeux. Il ne tarde pas à entendre le souffle régulier de ses parents. Ça ne sert à rien de discuter, ils ne feront rien pour le retirer de l'école. Pourquoi son père fait-il semblant de croire qu'il a des amis ? S'il en avait, il parlerait d'eux à la maison.

Ses parents ne peuvent rien pour lui. Il n'a plus du tout envie de pleurer. Comme il n'arrive pas à dormir, il compte les années qui lui restent à passer dans des établissements scolaires.

Le surveillant vient de passer dans le dortoir pour éteindre la lumière des parties communes. Igor respire enfin. La lueur jaune des lampes de chevet crée un semblant d'espace privé. En pension, on apprend à se contenter de peu. Les boxes ne ferment pas, les douches non plus, alors on trouve l'intimité là où on peut. Igor renifle le col de son pyjama et frotte contre sa joue le drap qui s'est adouci depuis le début de la semaine. Il est chez lui. De l'autre côté du box, Antoine est allongé sur son lit. A plat ventre, il est plongé dans un livre. Sa veste de pyjama ouverte dessine deux nageoires sur la couverture. Il lève la tête et Igor croise son regard. Le stylo à la main, il essaie d'écrire à ses parents. Il les imagine dans une case entourés d'antilopes et d'éléphants. Il regarde le plafond peint en vert et se dit qu'il n'a rien à leur raconter. Ici, la vie est monotone, il ne se passe jamais rien. Pour meubler les journées on apprend peu à peu à faire de rien un événement majeur.

Antoine ferme son livre et vient s'installer sur le lit de son ami. Il retire le couvercle d'un jeu de dames et dispose les pions tandis qu'Igor replie ses jambes pour lui faire de la place. Les deux garçons se ressemblent. De loin, on pourrait les prendre pour des frères. Ils ont le même corps aux muscles courts et saillants avec de longues jambes et des attaches fines.

En arrivant au collège, Igor a immédiatement perdu pied. Il ne voulait rien entendre de ce qui se disait autour de lui et s'est rapidement laissé prendre par l'ivresse du silence. Il passait ses journées à écouter battre son cœur, les doigts sur les tempes. Il se contentait de se lever le matin, de manger et de dormir. Son professeur de sciences naturelles s'est, la première, inquiétée de son mutisme. Elle est allée trouver le surveillant d'internat et, ensemble, ils ont parlé à Igor. Appuyé contre un arbre au milieu de la cour, il les a regardés s'approcher en écartant les autres élèves qui jouaient au ballon. Il n'a d'abord pas cherché à comprendre ce qu'ils lui disaient mais, lorsque Stéphane lui a passé la main dans les cheveux, il a fait un effort pour l'écouter parce qu'il l'aimait bien. Le surveillant lui suggérait d'aller voir le psychologue scolaire et Igor s'est finalement laissé faire.

En fin d'après-midi, Igor a eu rendez-vous avec une femme en tailleur, belle et souriante. Elle lui a dit qu'elle s'appelait Odile, qu'elle n'était ni professeur ni surveillante et qu'il pouvait la tutoyer. Igor a posé les yeux sur un dossier épais ouvert sur le bureau et il a reconnu l'écriture de sa mère. Tout était inscrit là, le départ de ses parents, la mission humanitaire, ses difficultés à accepter l'école, l'absence de communication entre les deux frères…

“Est-ce que tu peux me dire pourquoi tes parents sont partis en Afrique sans toi ? Pourquoi toi, tu es resté ici ?”

Igor avait alors répété les arguments de ses parents. Le lycée français était loin de la région rurale où ils se trouvaient. Il aurait été en pension de toute façon et à la saison des pluies, il était impossible d'emprunter la piste pour les rejoindre le week-end. Ses parents ne voulaient pas qu'il reste seul dans un pays qu'ils ne connaissaient pas encore.

Odile avait fini par lui faire dire qu'il n'était pas content d'être là et qu'il en voulait à sa mère de s'occuper d'autres enfants sans l'avoir emmené avec elle. Le même jour Igor avait parlé à Antoine et avait découvert que lui aussi connaissait le silence des fonds marins, la lenteur des mouvements, le cheminement laiteux de la lumière. Antoine plongeait et il rêvait d'en faire son métier. Dès lors, ils sont devenus inséparables et Igor n'a jamais su comment Antoine s'était débrouillé pour changer de box et se retrouver avec lui.

Antoine est arrivé à l'internat un an avant Igor, la vie de pensionnaire ne semble pas lui peser. Il le protège comme un grand frère et Igor se laisse faire sans poser de questions. En échange, Antoine sait qu'avec Igor il peut laisser tomber le masque du garçon sans problèmes et parler de ce qui le tracasse.

“A toi de jouer… Il me reste du camembert dans mon casier. Celui que j'ai chouré hier au réfectoire… Tu en veux ?”

Antoine se relève et Igor prend son couteau suisse dans le tiroir de la table de nuit. Il coupe de gros quartiers de fromage coulant dont ils s'empiffrent avant de se renifler les doigts en ricanant. Antoine est toujours prêt à rire. Les événements semblent glisser sur lui sans jamais l'atteindre. Ses parents ont divorcé lorsqu'il était petit. Sa mère s'est remariée avec un homme qui n'adresse quasiment jamais la parole à Antoine. Toute l'attention de la maison est focalisée sur son demi-frère qui n'est encore qu'un bébé. Le père d'Antoine vit à New York et après s'être battu pour obtenir la garde de son fils, il l'a mis en pension pour qu'il fasse de bonnes études en France. Malgré tout, Antoine est presque toujours de bonne humeur. Avec Igor, pourtant, il se laisse parfois aller. Une fois, même, il l'a vu pleurer. C'était le jour où il avait reçu une lettre de son père lui annonçant qu'il ne pouvait le faire venir aux Etats-Unis pour les vacances de Noël. Antoine rêvait de voir New York sous la neige. Après l'extinction des feux, il avait tendu la lettre à Igor. Des larmes d'adulte, silencieuses et rares, roulaient sur ses joues. Antoine serrait les dents et contractait son visage pour que ça passe plus vite. Il s'était levé et Igor n'avait pas eu le choix, il avait pris Antoine dans ses bras. L'instant d'après, il se dégageait de son étreinte pour attraper un paquet de biscuits dans son casier avant de raconter une histoire drôle.

Igor aimerait ressembler à Antoine, être capable de dissimuler ses sentiments pour que personne n'ait accès à ses états d'âme. Il faudrait qu'il apprenne à raconter des choses qui ne dévoilent rien de lui et permettent simplement de vivre avec les autres. Igor voudrait passer pour quelqu'un d'insouciant dont la compagnie est agréable mais il se sent presque toujours étranger à l'univers des garçons de son âge.

Pour une fois, c'est Igor qui gagne aux dames. Antoine retire les pions du damier et range la boîte. Il propose à Igor de venir passer le weekend chez lui. Sa mère et son beau-père ne sont pas là, ils seront seuls dans la maison. Chacun dans leur lit, les deux garçons parlent encore un moment à voix basse après avoir éteint les lampes. Antoine raconte son rêve d'Amérique et Igor se demande quand il découvrira l'Afrique.

“Il est sept heures, on se réveille. Allez, debout !”

Stéphane s’est arrêté un instant devant le box d’Antoine et Igor, il leur sourit.

“Ça va ? Bien dormi ?”

Les deux garçons regardent Stéphane en plissant les yeux. Une nouvelle journée de pensionnat commence. Il leur faudra attendre jusqu’à ce soir pour retrouver leur intimité. Stéphane n’est pas rasé, son tee-shirt délavé bâille au col. Igor croise son regard très doux. On dirait qu’il comprend ce que le réveil a de violent pour lui mais il lui demande de ne pas traîner au lit.

Au cours d’éducation physique, Antoine et Igor se sont inscrits ensemble pour l’entraînement à la course d’endurance. Après cinq tours d’échauffement, le professeur les place deux par deux sur la piste de départ. Il lève son chronomètre et donne le signal toutes les dix secondes. Antoine et Igor s’élancent et restent coude à coude pendant le premier demi-tour de piste. Mais, après le virage, Antoine distance Igor de dix bonnes foulées. Igor garde le rythme régulier qu’il s’est fixé, il sait précisément qu’il a atteint sa vitesse idéale, il dose son effort et attend tranquillement qu’Antoine se fatigue. Et, peu à peu, Igor rattrape Antoine. Vaincu, il signifie sa reddition d’un signe de tête. Il cale ses foulées sur celles de son ami et ils poursuivent leur course d’un rythme régulier. Igor sent sa respiration s’amplifier encore, toute sensation d’effort disparaît. Ses muscles s’oxygènent librement, la mécanique est lancée, il peut espérer tenir une heure.

Son père est derrière lui, il sent sa main sur son épaule qui le pousse en avant. Il tourne la tête et rencontre le regard d'Antoine qui lui sourit. Il n'y a rien à dire, c'est une sensation purement musculaire. Le temps n'existe plus.

Igor penche la tête en avant et son père passe la tondeuse à la base de son cou. Il frissonne, la froideur mécanique des lames lui donne la chair de poule. Depuis que son père s'est mis à lui couper les cheveux, ils ne se sont pas dit grand-chose mais ils se sont retrouvés. Au pied de la terrasse ensoleillée, s'étend le village, et plus loin, les montagnes rouges rappellent à Igor qu'il est en Afrique. Cet hiver, lorsqu'il pleuvait en Normandie, il a souvent maudit ses parents de l'avoir abandonné pour partir vivre dans un pays chaud. Mais aujourd'hui, il a suffi que son père veuille lui couper les cheveux pour que tous ses tourments s'effacent. Il s'est assis et il s'est laissé faire en regardant tomber ses boucles brunes sur le ciment.

En arrivant, Igor a trouvé ses parents changés. Ils étaient venus le chercher à l'aéroport, il les a tout de suite repérés. Ils étaient les deux seuls Blancs et il n'y avait qu'eux ainsi enlacés au milieu du hall. Ils avaient les cheveux décolorés par le soleil et quelque chose dans leurs corps semblait transformé. Igor aurait été incapable de dire s'ils paraissaient plus vieux ou au contraire rajeunis. En fait, il avait brusquement le sentiment d'accéder à leur intimité. Il les découvrait libérés de leur rôle de parents, un couple plus tout jeune mais toujours amoureux.

Pendant le long trajet jusqu'au village, sa mère n'a pas cessé de parler et Igor l'a écoutée avec plaisir et étonnement. Son père était plus silencieux, le regard perdu tout au fond du paysage, inaccessible. Igor a espéré qu'en quelques heures il pourrait combler tous ces mois de silence et de solitude. Ses parents l'entraînaient enfin sur leur territoire. Il allait très vite comprendre pourquoi ils étaient venus là.

Ce n'est que le soir, après dîner, une fois déballés les parfums de Paris et les crèmes de beauté, les ampoules halogènes, le champagne et le bordeaux, le saucisson, les livres et les disques compacts, que la mère d'Igor lui a demandé comment se passait sa vie en pension. Comme si cette malle en fer remplie de tout ce qu'elle lui avait commandé lui rappelait qu'avant de partir pour l'Afrique, ils avaient vécu tous les quatre en famille, que pendant des années elle avait conduit ses fils à l'école et appelé le médecin lorsqu'ils étaient malades. La question de Claire est restée en suspens un instant. Igor s'était pourtant juré de raconter son ennui et sa solitude à ses parents, peut-être même de leur reprocher leur absence, mais il était heureux de les retrouver et sa souffrance lui apparaissait soudain comme un lointain souvenir. Il a donc répondu laconiquement que tout se passait bien.

Yves pose la tondeuse et, retrouvant un geste du passé, il glisse les doigts dans les crans foncés de la chevelure de son fils. Lorsqu'il prononçait une phrase d'enfant amusante, avant de filer la noter dans le carnet de la mémoire familiale, Yves lui ébouriffait toujours les cheveux d'un geste tendre.

Ce matin, Claire est partie de bonne heure faire la classe aux enfants du village voisin avant la chaleur étouffante de midi. Yves s'est fait remplacer au club de plongée pour rester avec son fils. Il le coiffe du même large chapeau de paille que lui et ils sortent. Le marché est à quelques kilomètres, il faut longer la plage pour y arriver. Les gens qu'ils croisent leur font un signe ou échangent quelques mots avec Yves dans une langue inconnue. Mais, remarquant l'air fier et rayonnant de son père, Igor ne tarde pas à comprendre qu'il est au centre de ces brefs échanges. La visite du fils des Français a été annoncée et chacun veut voir à quoi il ressemble.

Igor suit son père dans un dédale de ruelles bordées d'échoppes. D'immenses guirlandes de casseroles et de chaudrons en aluminium martelé pendent au-dessus des étals. Au coin d'une rue, ils découvrent le marché aux épices. Igor ferme les yeux un instant et se laisse envahir par les parfums. De vieilles femmes indiennes, dont les têtes dépassent à peine derrière les pyramides d'épices, l'observent en souriant. Les couleurs vives de leurs saris tranchent sur le dégradé d'ocre et de rouille de leurs étals.

L'une des femmes fait signe à Yves. Sa commande est prête. Elle a trouvé tout ce qu'il lui avait demandé. Igor observe les animaux séchés et les fagots de racines accrochés autour d'elle, il se demande ce que peut contenir le colis qu'elle tend à son père. La femme empoche avec un geste fébrile les quelques billets qu'Yves lui donne. Puis elle dévisage Igor en tendant ses doigts tout secs vers lui. Il est impressionné mais son père lui prend la main, lui intimant discrètement l'ordre de ne pas reculer. Il s'efforce donc de rester impassible. La femme disparaît sous son étal et brandit, triomphante, une boîte en plastique transparent remplie de vieux bouts de bois.

"You, man... Like your father... Strong man..."

Igor glisse le cadeau de la vieille femme dans sa poche. Son père le prend par l'épaule pour l'entraîner vers le marché aux tissus. Igor regarde danser dans la brise les coupons accrochés au-dessus de sa tête. Juste devant lui, trois hommes âgés avancent lentement en parlant fort. A eux seuls ils bloquent la ruelle, mais personne ne les bouscule pour doubler. Yves entraîne son fils dans un passage étroit où des portes ouvertes laissent entrevoir des femmes et des enfants occupés à faire la lessive dans des bassines émaillées.

"Tu sais ce que la femme t'a donné ?

— Les bouts de bois ?

— C'est du bois bandé. Elle dit que maintenant tu es un homme, qu'il faut s'occuper de ta virilité !"

Igor rougit légèrement, il fixe la pointe de ses chaussures. Yves s'arrête de marcher et le prend par les épaules.

"Ça te gêne qu'on parle de ça ? Tu sais je ne voulais pas t'embarrasser.

— Non, ça va...

— Tu sais que tu peux tout me dire. S'il y a quelque chose qui te tracasse, tu peux m'en parler.

— D'accord... mais ça va."

Yves désigne une cabane de planches peinte en bleu ciel.

"Tu veux boire quelque chose ? Viens, on va essayer de trouver une place."

Au-dessus de la porte, une enseigne rose annonce le *Madonna's Cafe*. Deux garçons en djellabas se lèvent pour partir, Yves en profite pour s'avancer. Cinq hommes sont déjà attablés et ils s'installent entre eux sur le banc. Ils échangent un salut et reprennent leur conversation sans s'occuper d'eux. Igor est séduit par cette convivialité distante mais chaleureuse où chacun continue sa petite vie sans se sentir gêné par la présence du voisin tout contre lui. Yves commande d'autorité deux thés à la menthe, pose ses coudes sur la table et cale sa tête dans ses mains.

"Alors, l'Afrique ? Qu'est-ce que tu en penses ?"

Igor repense à tout ce qu'il a vu depuis son arrivée mais il reste muet. Les paysages, les regards, les odeurs, la lumière, tout cela le touche profondément. Ces sensations résonnent très loin dans son intimité mais il se demande comment les formuler sans altérer son émotion. Cet hiver, en écoutant Antoine lui raconter son rêve d'Amérique, il avait réalisé que lui aussi s'était construit une Afrique fantasmée, faite d'images glanées dans les livres. Depuis qu'il a posé le pied sur ce continent mythique, il n'a vu ni antilopes ni éléphants, la maison qu'habitent ses parents n'est pas une case en boue séchée, il a repéré plus de toits en tôle que de huttes massaïs, et pourtant, il a nettement le sentiment de se trouver au cœur de son rêve. Ça ne ressemble pas à ce qu'il avait imaginé mais il ne s'est pas trompé, l'Afrique abrite une humanité qu'il espérait depuis longtemps.

Une grosse femme dépose sur la table deux verres de thé fumant. Igor sourit en supposant qu'elle se prend pour Madonna.

"Oui, ça me plaît.

— J'en étais sûr… J'avais hâte que tu viennes… Je savais que dès que tu serais ici, tu comprendrais pourquoi nous sommes partis. Avant la naissance de Laurent, nous voyagions beaucoup, ta mère et moi... Nous avons visité plein de pays, nous avons rencontré des gens qui nous ont beaucoup apporté. Nous nous étions promis de repartir un jour, pour donner quelque chose, cette fois. C'est ta mère qui a entendu parler de ce programme d'alphabétisation en zone rurale. Elle était prête à le faire bénévolement et au début, elle voulait t'emmener. Moi, j'ai trouvé ce club de plongée... A partir de là, nous avons décidé de saisir l'occasion. Evidemment, c'était un peu tôt... Peut-être que pour vous, ç'aurait été mieux d'attendre quelques années de plus... Tu es encore jeune pour être interne mais après réflexion, c'était plus raisonnable parce que la troisième est une classe importante. Et puis, nous devions répondre rapidement. Alors nous sommes partis sans vous."

Yves s'interrompt un instant. Igor comprend que son père attend son assentiment mais il n'ouvre pas la bouche.

"Tu comprends, pour Laurent c'est différent, il avait fini par avoir son bac, alors pour aller traîner en fac il n'avait plus besoin de nous. Il n'aime pas la plongée, il ne supporte pas le soleil. Il n'aime rien de ce que nous aimons, de toute façon... Non, pour toi, c'était sûrement plus dur... Bien sûr, nous avons hésité mais il faut que je te dise, ça fait des années que je n'ai pas vu ta mère aussi heureuse. Quelque chose en elle a changé. Elle avait besoin de se sentir utile. Mais toi, dis-moi, tu tiendras le coup ? Ça va aller ?"

Igor ne répond toujours pas. Il repense à son enfance. Le jour où son père a éteint la veilleuse de sa chambre ayant décidé qu'il était assez grand pour dormir dans le noir, la première fois où il l'a lâché dans l'eau. Il le tenait toujours par le menton pour qu'il reste bien à plat à la surface, et ce jour-là, sans le prévenir, il a retiré sa main pour l'obliger à nager. Lorsqu'il lui a mis des bouteilles sur le dos, Igor l'a suivi dans le silence et l'obscurité. A chaque fois, il s'est montré à la hauteur des espérances de son père. Il a toujours suffi d'un signe pour qu'il réponde présent. Alors, oui, comme toujours, ça va aller. Il tiendra le coup et prendra son mal en patience en attendant les vacances et l'avion qui le ramènera près d'eux.

Igor se lève tard. Son père et sa mère sont déjà partis. A la cuisine, il trouve une théière et des gâteaux protégés des mouches par une cloche en moustiquaire. Il traîne un moment dans la maison avec sa tasse et finit par s'installer sur le lit de ses parents. Les draps froissés ont été tirés. Igor ouvre le lit pour vérifier que les liens qui unissent son père et sa mère n'ont pas changé mais, à sa grande déception, il ne trouve aucune tache suspecte sur le drap de dessous. Leur chambre n'a pas bougé depuis qu'il est petit. Ils ont emporté l'essentiel pour se sentir chez eux. Sur la coiffeuse en bois sombre au pied du lit, il reconnaît le dôme en tôle repoussée sous lequel il a toujours vu sa mère protéger de la lumière leurs deux flacons de parfum. A la tête du lit il trouve une pile de romans en anglais et, par terre, roulées en boule au pied du mur, leurs vieilles djellabas rapportées du Maroc. Finalement, il a fait la même chose en enfermant dans le casier de son box, à la pension, deux ou trois objets qui lui rappelaient la maison.

Tout à coup l'enregistrement du muezzin se déclenche. Le soleil est déjà haut dans le ciel, il n'y a pas un souffle de vent sur la mer et l'appel à la prière monte dans la lumière blanche de midi. Igor repère le minaret tout près de la maison, au bout de la terrasse. Il peut voir vibrer les tôles des vieux haut-parleurs. Il se penche par la fenêtre pour jeter un œil à la mosquée. Devant le portail en bois sculpté, la silhouette gracieuse d'un arbre arrête son regard. Il est planté au milieu d'un enclos de pierres couvertes de chaux. La porte s'ouvre et un groupe d'hommes en djellabas apparaît. Igor tire le rideau pour les observer sans être vu. Chacun d'eux fait une pause près de la porte pour remettre ses chaussures avant de sortir. Fasciné par la sérénité des visages, il regarde s'éloigner la colonne silencieuse des hommes en blanc.

Dans l'après-midi ses parents le retrouvent à la maison. Son père propose de prendre le hors-bord du club pour aller plonger près de la barrière de corail.

Igor s'arrête un moment au milieu des poissons. Les couleurs sont incroyables : turquoise, violet, jaune fluorescent. Il ne bouge plus et ils viennent le frôler. Ses parents l'attendent. Il leur fait signe que tout va bien et les rejoint.

Au palier, Igor les observe. Derrière leurs masques, il a du mal à distinguer leurs visages mais leurs yeux paraissent immenses. Lors de leurs premières plongées en Méditerranée, Igor était encore petit mais il avait très vite compris que c'était un grand privilège de partager ces moments-là avec ses parents. Leur véritable univers se trouvait sous l'eau, il n'y avait pas d'autre endroit où il aurait pu être aussi proche d'eux. Le soir, ils mangeaient tous les quatre à la même table et ça ressemblait à une famille unie. Mais Laurent ne les suivait jamais, quand ils repartaient plonger le lendemain. Aujourd'hui, rien n'a changé. Il a pris seul l'avion pour les rejoindre sur un autre continent et tous les trois, ils se retrouvent dans leur monde. Sur un signe d'Yves, ils amorcent leur remontée.

C'est Claire qui conduit le bateau. Yves et Igor se sont installés sur la banquette de chaque côté. Au-dessus du village le soleil baisse, la lumière est plus douce, presque dorée maintenant. En approchant de la côte, Claire baisse le régime du moteur pour faire moins de bruit, Yves en profite pour parler à Igor. Il voudrait qu'il continue à passer régulièrement ses brevets de plongée pour pouvoir un jour tenter le monitorat.

“Depuis tout petit, tu ne peux pas repérer une flaque d'eau sans vouloir plonger dedans pour voir ce qu'il y a au fond… Pourquoi tu n'en ferais pas ton métier ? Ça ne t'empêche pas de faire autre chose en même temps… En Méditerranée, la saison de plongée est plus longue. Si tu es d'accord, pour l'an prochain, on pourrait te trouver un lycée dans le Sud. Comme ça, tu pourrais continuer à te former régulièrement… L'idéal, ce serait un internat à Marseille…”

Igor ne répond pas, il pose sa tête sur l'épaule de sa mère. Il se demande quelle heure il est en France. Il doit absolument téléphoner à Antoine. Il ne partira pas dans le Sud sans lui.

Au port, des hommes repeignent une barque en rouge. Claire coupe le moteur et Yves saute sur le quai pour amarrer le bateau.

Après dîner, Igor traîne longtemps avec ses parents sur la terrasse. Yves a posé des lampes à pétrole sur la table basse. Ils sont tous les trois étendus sur des banquettes au ras du sol. De temps en temps, montent jusqu'à eux, amplifiés par la nuit, des voix, le bruit d'un ballon ou les sabots d'un âne sur le ciment. Yves tient Claire serrée dans ses bras. Les flammes donnent des reflets orangés à leurs visages calmes.

Tout à l'heure au téléphone, Antoine s'est montré enthousiaste à l'idée d'aller au lycée à Marseille. Il a promis d'en parler à son père le plus vite possible. Bien sûr, ce sera encore la pension, l'hiver paraîtra toujours interminable mais il y aura la mer. Igor ferme les yeux. Lorsqu'il sera à nouveau loin d'eux, l'image de ses parents enlacés dans la lumière mouvante de la lampe suffira-t-elle à apaiser sa solitude ? Au-dessus de la mer, le ciel change de couleur. La lune apparaît lentement jusqu'à former un croissant ambré. Il est couché sur le dos, comme un sourire dans un dessin d'enfant.

Sur la plage, quelqu'un fait de grands signes à Igor. Il reconnaît Karissa, le jeune homme qui vient livrer du poisson chez ses parents en fin d'après-midi. La veille, il lui a proposé de l'emmener faire un tour en bateau. Omar, le pêcheur pour qui il travaille, s'active autour des voiles. Il a une soixantaine d'années et porte une djellaba dont le tissu est presque transparent à force d'avoir été lavé. Il salue Igor en touchant le bord de son chapeau de paille. Les deux garçons montent à bord.

Omar cherche le vent. Au moindre souffle, il tend la voile. Le bateau glisse en silence sur les vagues minuscules de l'archipel et se dirige vers la mangrove. Il s'engage dans un passage étroit au milieu de la végétation. A mesure que le chenal rétrécit, le vent tombe. Omar lâche la voile. Il tire une longue perche du fond de la coque et la plante au fond de l'eau. S'arcboutant sur le bâton, il fait avancer lentement l'embarcation. Lorsque la coque touche finalement le fond, Karissa amarre le bateau à un tronc. Omar remonte sa djellaba pour descendre dans l'eau où il s'enfonce jusqu'aux genoux. Ils avancent en file indienne au milieu de la mangrove jusqu'au rivage où se dressent des ruines.

Igor reste longtemps sous l'immense baobab qui a poussé devant les vestiges du mur d'enceinte. Cet arbre doit avoir quatre ou cinq cents ans. La cime est hérissée de jeunes pousses qui ressemblent à des nattes. Par terre, des débris de fruits recouvrent les racines. Plus loin, derrière une série de maisons qui ont, depuis longtemps, perdu leurs toits, Omar fait de grands gestes, un doigt posé sur les lèvres. Igor suit Karissa en silence. Ils traversent les ruines en évitant soigneusement les brindilles, les herbes sèches et tout ce qui pourrait signaler leur présence.

De l'autre côté des ruines, on domine la pointe de l'îlet et le chenal qui le sépare de l'île principale, juste en face. Igor s'accroupit près d'Omar. Il perçoit un bruit sourd. Le muret derrière lequel ils sont installés se met à bouger, le sol tremble sous leurs pieds. Karissa prend le visage d'Igor entre ses mains pour diriger son regard. Ils sont là, face à lui. Igor n'en croit pas ses yeux. Quatre éléphants avancent au milieu de la mer. Ils se déplacent en colonne dans le chenal et s'approchent des ruines en laissant une longue trace d'écume derrière eux. Le premier atteint déjà la terre ferme. Il semble y avoir deux adultes et deux petits. Mais sur un signe d'Omar, les garçons quittent déjà les ruines pour retourner au bateau. La colonne poursuit sa progression et il serait dangereux de rester. La mousson ne tardera pas. Les éléphants l'ont senti. Ils vont chercher de l'eau douce et la végétation qui, bientôt, reverdira du côté des ruines.

Omar pagaie de nouveau pour sortir du chenal. Son visage est radieux. Igor comprend qu'il vient d'assister à une scène exceptionnelle. En repensant à la lente progression des éléphants à travers le bras de mer, il a le sentiment grisant d'avoir goûté par hasard à l'éternité.

Le bateau atteint à la voile l'île d'où venaient les éléphants. Assez grande avec, en son centre, un village de cases où fument des cheminées, c'est là que sont fabriquées les dernières briques de l'archipel. Le bateau croise une pirogue chargée de bois. Omar jette l'ancre sur une longue plage de sable et va s'étendre à l'ombre d'un arbre.

Après déjeuner, Omar s'endort près du feu et les deux garçons décident d'aller se baigner. Igor regarde Karissa courir devant lui. Son corps ondule de la tête aux pieds. Fasciné par sa beauté, il détaille ses muscles saillants, les reflets de sa peau. S'il tendait le bras, il pourrait le toucher, sentir sa chaleur. Igor n'avait encore jamais considéré un corps pour sa beauté. Au collège, il remarque les garçons plus ou moins sportifs, gras ou musclés, mais il ne s'est jamais demandé s'ils étaient beaux. Il a souvent vu Antoine nu sans jamais penser que le corps de son ami pouvait être esthétique. Igor est particulièrement troublé par cette découverte, il accélère pour se retrouver au même niveau que Karissa. Il le connaît depuis quelques jours à peine et déjà, ses traits lui sont familiers. Igor pense à Laurent. Il tente de rassembler des images de lui mais ses traits se dérobent. Ce sont ceux de Karissa qui s'imposent, Laurent ne lui manque plus. D'habitude, dans les moments heureux, il y a toujours un instant où Igor pense à son frère, regrettant qu'il ne soit pas là pour les partager avec lui et cette pensée triste ternit son bonheur. Aujourd'hui, Laurent semble loin, comme si Karissa l'avait supplanté. Ce garçon africain debout sur la plage à côté de lui pourrait être son frère, celui qu'il vient de se choisir.

Lorsqu'ils sortent de l'eau, le vent s'est levé. Omar leur fait signe du bout de la plage. Ils ont nagé trop longtemps, un vent de mer rabat le bateau vers le rivage. Il sera impossible de traverser. En face, Igor distingue nettement l'île où ils doivent rentrer, elle semble toute proche. Au milieu du village, le minaret lui indique l'emplacement de la maison. Le vent porte l'appel à la prière du soir. La nuit ne tardera pas à tomber.

"C'est impossible de rentrer ce soir. Le vent va souffler toute la nuit. Comme la marée monte, nous ne pourrons pas franchir le courant. Demain matin, le vent sera tombé, nous pourrons passer. Ça arrive souvent ici, nous allons passer la nuit au village. Tu ne dois pas t'inquiéter, tes parents seront prévenus… Et puis, ton père connaît l'Afrique."

Igor est étonné de cette remarque. Il sent du respect dans la voix d'Omar, comme si son père avait été accepté par les gens du village, qu'il faisait désormais partie du clan et que cette appartenance pouvait s'étendre à lui, son fils. Il ne sait pas comment vont se dérouler les heures qui viennent mais il ne ressent aucune appréhension. Il trouve la situation plutôt excitante, comme s'il était tout d'un coup le héros d'un livre d'aventures. Et, quoi qu'il arrive, avec Omar, il est en sécurité.

Ils se dirigent vers le village, au centre de l'île. Les petites lumières, devant les portes, éclairent faiblement la place autour de laquelle les cases sont disposées. Omar s'avance vers une femme qui souffle sur son feu. Elle se lève pour l'accueillir et, tout en parlant avec lui, continue de remuer le contenu de son énorme chaudron.

L'idée d'avoir trois convives supplémentaires ne semble pas l'émouvoir. Une forte odeur d'épices parvient jusqu'aux garçons. Karissa fait à Igor un signe du pouce qui signifie qu'ils sont tombés sur une bonne cantine.

Lorsque la femme les appelle, Omar s'installe dans le cercle des anciens. Karissa et Igor prennent place dans le groupe des jeunes hommes autour d'une bassine émaillée. Elle est remplie de riz avec de la viande en sauce. Tout le monde pioche avec ses doigts dans le plat. Karissa saisit le poignet d'Igor pour lui replier l'auriculaire et l'annulaire dans la paume de la main. Les efforts d'Igor pour manger proprement font rire les autres.

L'un des garçons du village a une lampe. Il les emmène jusqu'à la case où ils vont dormir. Tout au fond, des enfants plus jeunes qu'eux sont déjà allongés. Le garçon leur montre la natte où ils doivent s'installer et il leur donne un tissu en gros coton qui sert de couverture. Lorsque Omar vient se coucher, Igor n'a toujours pas trouvé le sommeil. Il écoute les bruits à l'extérieur de la case. Il repense aux éléphants qui traversent la mer pour trouver de l'eau et de la nourriture. Cette image grossit dans son esprit jusqu'à prendre toute la place. Il se sent protégé, comme si un sorcier lui avait donné un porte-bonheur. Dehors, un animal hurle. Igor s'endort.

Laurent au téléphone a estimé que son frère était assez grand pour trouver seul son chemin jusqu'à l'appartement. Igor s'est demandé si ce n'était pas le signe d'un certain agacement chez Laurent. Il n'avait peut-être pas du tout envie d'avoir son petit frère dans les pattes pour Noël mais après tout, ses plans à lui avaient changé au dernier moment.

Lorsque les parents avaient annoncé qu'ils ne rentraient pas pour les fêtes, Igor avait d'abord espéré emmener Antoine chez son grand-père. Il avait imaginé une veillée au coin du feu. Son grand-père aurait assiégé Antoine comme chaque fois qu'on lui amenait un visage nouveau. Il aurait dû subir mille questions indiscrètes avant d'être assommé de souvenirs. A minuit, ils se seraient donné leurs cadeaux, son grand-père serait monté se coucher et les deux garçons seraient restés longtemps devant la cheminée à regarder rougir les bûches. Antoine était ravi à l'idée de s'échapper de chez lui pour Noël. Il n'avait pas particulièrement envie d'assister une fois de plus aux vagissements capricieux de son petit frère assis sur sa montagne de cadeaux. Mais la mère d'Igor avait téléphoné pour annuler ce projet. Sa sœur avait décidé de ne pas partir en voyage à Noël pour rester avec son père et avait décrété qu'il était trop fatigué pour supporter la présence des deux garçons. Igor avait pu vérifier une fois de plus que les décisions de sa tante étaient sans appel, sa mère vivant dans la terreur de son aînée. Finalement, Antoine est parti rejoindre son père aux Etats-Unis pour les vacances et les parents ont décidé qu'Igor irait passer le réveillon chez son grand frère à Paris pour ne pas rester seul à Marseille.

Dans le train, Igor s'est surpris à espérer que les choses ne se passent pas comme d'habitude. Finalement, que Laurent ne vienne pas le chercher à la gare était peut-être bon signe. Il voulait lui signifier qu'il était maintenant son égal, autonome et débrouillard. Jusqu'à présent, il l'avait toujours considéré comme un bébé, d'où leur relation, inexistante. Mais le petit frère avait grandi, il serait même majeur dans quelques mois.

En posant le pied sur le quai de la gare de Lyon, Igor était en fait curieux de savoir où habitait Laurent et comment il vivait. Persuadé qu'il allait enfin rencontrer son frère, il s'est engouffré dans la station de métro le cœur léger et a réussi à ne pas se tromper dans les correspondances jusqu'à la station Pigalle.

Sur les trottoirs, les hommes interpellent Igor et lui proposent de rentrer dans leur boutique pour un live-show ou une projection vidéo. Il refuse immédiatement en rougissant et presse le pas. Antoine l'avait prévenu. Il semblait l'envier d'avoir un grand frère installé au milieu de ce qu'il avait appelé “le vice et la débauche” mais Igor avait eu du mal à faire cadrer le quartier avec l'idée qu'il se faisait de Laurent.

Rue Germain-Pilon, une femme est debout dans l'encadrement de la porte, elle lui sourit en découvrant ses dents maculées de rouge à lèvres. Igor vérifie le numéro et s'empresse d'annoncer qu'il cherche Laurent.

"Il n'y a pas de mal à ça. Mais Lolo ne nous avait rien dit... Il en a un joli petit frère. Si tu t'ennuies mon grand, tu sais où me trouver, je suis la voisine de Lolo."

Igor répond "Merci, madame" et disparaît dans l'escalier. Derrière lui, la voix se fait plus grave.

"Je m'appelle Jacqueline. Ton frère, c'est au quatrième."

La peinture de la cage d'escalier s'écaille et les marches penchent un peu. Igor frappe à la porte avec appréhension.

"Il y a une sonnette, pourquoi tu n'as pas sonné ?"

Laurent tend la main à son frère. Igor la serre dans la sienne, elle est molle et froide. Le studio n'est pas très grand et tellement encombré de meubles qu'on ne sait pas comment y trouver une place. Les murs sont tous occupés par des vitrines où s'entassent des bibelots en plastique de couleur. Le sol est couvert de moquette vert pelouse.

Un berger allemand bondit sur Igor pour lui renifler le pantalon, il recule en se protégeant le visage.

"Couchée, Barbara, couchée. N'aie pas peur, elle n'est pas méchante. C'est une brave fille."

Igor n'avait jamais remarqué que son frère avait à ce point une voix de fausset. Lorsqu'il parle à sa chienne, sa voix dérape dans les aigus.

"Pose ton sac dans le coin là-bas."

Igor pousse des piles de linge pour s'asseoir sur le canapé. La table à repasser l'empêche de voir son frère qui s'active derrière le muret en briques de la cuisine. La chienne s'est couchée sous la télévision. Sa langue baveuse sort de sa gueule et traîne sur la moquette. Igor essaie de sourire.

"J'ai croisé ta voisine à la porte. Jacqueline... On a le droit de t'appeler Lolo, maintenant ?

— Toi, tu continueras à m'appeler Laurent."

Laurent a changé, son cou a enflé et ses joues sont grasses. Sous la blancheur lisse de sa peau, on distingue encore la finesse de ses traits. Le blond de ses cheveux est devenu artificiel et clinquant. Igor ne sait pas quoi lui dire. Il a voulu croire que tout allait s'arranger comme dans une histoire pour enfants avec prodiges et rebondissements heureux, mais il est obligé de constater qu'il n'a rien à dire à son frère, qu'il est mal à l'aise en sa présence et qu'il est oppressé par son appartement. Pour un peu, il en pleurerait. Pas à cause des heures d'ennui qui l'attendent mais parce qu'une fois de plus, il a naïvement espéré quelque chose qui ne se produira pas.

"Ce soir, pour le réveillon, j'ai invité quelques amis, ce sera plus gai."

Mina entre dans le studio en traînant deux immenses cabas pleins à ras bord. Elle les pose sur la table et retire son manteau. Dessous, elle porte un tablier imprimé de Bambis.

"Le paquet cadeau sur la banquette, c'est lui ? C'est le petit frère ? Viens mon garçon, viens embrasser Mina. Je suis une amie de Laurent."

Igor se lève et constate que l'exiguïté de l'endroit le fait paraître immense. Mina le prend par la taille et se dresse sur la pointe des pieds pour atteindre sa joue.

Elle s'installe sur une chaise et vide le contenu de ses sacs sur la table. Laurent apporte des couteaux et s'assied face à elle. Ensemble, ils commencent à éplucher les carottes et les courgettes.

"Tu aimes le couscous ? Oui, évidemment, à Marseille, on mange du couscous tous les jours... Celui de Mina c'est le meilleur que tu mangeras jamais.

— Tu vis à Marseille, mon petit ? Je connais bien, c'est là que je suis arrivée. J'y suis restée longtemps, tu sais. Ça, je l'ai attendue, ma promotion...

— Il est là-bas à cause de la plongée.

— Tu vas au fond de la mer, trésor ? Ça, moi, j'aurais adoré. Elle me manque tellement, la mer. J'avais toujours dit que je retournerais à la mer quand je me retirerais des affaires mais Paris m'a gardée avec elle... Nous sommes comme deux vieilles bêtes... Ce n'est pas que nous nous aimions, non, mais nous ne pouvons plus vivre l'une sans l'autre... Alors, je reste là dans le gris et pendant ce temps-là, les vagues lèchent le sable sans moi...

— Oh, tu vas nous faire pleurer, la vieille... Parle d'autre chose.

— Tu as vu comment il me parle, ton frère ? Mais c'est affectueux, je l'aime bien, va... Toi, le petit Marseillais, tu devrais aller prendre l'air. Ça sent la cigarette et le renfermé ici. Tu montes la rue et tu arrives à Montmartre... Ça va te plaire, c'est comme dans les films. La seule chose, ici, tu ne parles à personne. Si quelqu'un t'aborde, tu ne parles pas français, compris ?"

Au lieu de remonter la rue, Igor descend vers le boulevard. En passant devant le kiosque à journaux, il regarde les magazines accrochés les uns au-dessus des autres avec des pinces à linge. Il n'y a que des couvertures colorées avec des corps nus sur papier glacé. Igor reste longtemps à un pas des présentoirs, observant la multitude de titres. Il y en a pour tous les goûts, des hommes des femmes, des travestis, du cuir, de la dentelle, des Asiatiques, des Noirs, des adolescents, le tout affiché en vitrine comme un slogan : "Ici, tout est permis. Personne ne repartira sans avoir trouvé ce qu'il cherche..."

Igor longe le boulevard en passant devant les boutiques de lingerie et les peep-shows. Antoine lui a fait jurer de rentrer dans un sex-shop et de lui raconter. Igor passe devant plusieurs vitrines avant de croiser le regard d'un jeune homme nord-africain. En souriant, le garçon lui propose d'entrer jeter un coup d'œil. Il écarte le rideau en velours bleu qui obstrue la porte et Igor aperçoit des spots de couleurs. Le garçon a un beau sourire et des yeux très noirs, Igor entre. Il passe entre les tables en tentant de se composer l'air blasé de celui qui connaît la vie, qui fréquente souvent ce genre d'endroits et que plus rien n'étonne. Mais, bien qu'il n'identifie pas toujours leur usage, les objets posés devant lui le font rougir. Au moment où il s'attarde devant les revues qu'il n'ose pas feuilleter, le jeune homme le rejoint.

"Alors, ça te plaît ?"

Igor a la bouche sèche, il sent une fine transpiration couler le long de son dos.

"Qu'est-ce que tu cherches ? Dis-moi, je peux t'aider. Qu'est-ce qui te branche ?"

Le jeune homme a posé sa main sur la nuque d'Igor, tout près de son cou, et lui parle à l'oreille.

"Au sous-sol, il y a les cabines de projection. Tu choisis une vidéo qui te plaît et on te la projette dans une cabine privée avec tout le confort… La maison fournit même les mouchoirs en papier… C'est la première fois ? Tu as l'air timide. Si tu veux, je viens avec toi…"

Le garçon plante son regard dans celui d'Igor qui se laisse un instant submerger par le noir de ses pupilles. Son visage est tout près du sien, ses cheveux sont parfumés au patchouli. Igor sent son cœur s'emballer, il détourne les yeux et croise le regard du vieux chauve assis derrière la caisse enregistreuse. L'espace d'un instant, il avait oublié où il se trouvait. Il s'entend bredouiller "Il faut que j'y aille…", atteint la sortie et accélère lorsqu'il constate que le jeune homme le suit. Arrivé à l'air libre, il retrouve ses esprits. Dans son dos, le garçon lui crie de l'attendre, de ne pas avoir peur, mais sa voix est déjà étouffée par la circulation. Igor imagine le plaisir qu'il aurait eu à rencontrer le garçon sur le Vieux-Port ou dans un café. Il revoit son sourire et se demande combien de clients il rabat par jour. A cette idée, il se met à courir comme si le jeune homme le talonnait toujours et se perd au milieu des groupes de touristes allemands pour être sûr qu'il ne le retrouvera pas. Au bout du boulevard, il tourne à droite pour remonter là où Mina l'avait envoyé.

Accoudé à la balustrade du pont de fer, Igor reprend son souffle en contemplant le cimetière qui s'étend à ses pieds. En bas, tout est calme, ceux qui se reposent sous les rectangles bien alignés ont cessé de se tourmenter. La nuit tombe progressivement sur la ville. Igor se retourne et contemple le flot des voitures qui descendent vers la grande place là-bas, éclairée par les néons des cinémas. Un bus passe. A l'intérieur, les passagers tiennent comme ils peuvent leurs paquets emballés dans des papiers colorés. Il remarque leurs visages fatigués. Ils sont censés faire la fête dans quelques heures et pourtant, ils n'ont pas l'air heureux.

Igor jette encore un regard sur les tombes en contrebas. Il pense à Mina. Grâce à elle, la soirée ressemblera vaguement à un Noël. Les gardiens viennent de fermer les grilles. Igor met ses mains au fond des poches de son pantalon et remonte vers Montmartre.

Quand Igor arrive devant l'immeuble de son frère, Jacqueline est de nouveau dans le passage.

"Tu es allé te promener, bijou ? Ça te plaît, Paris, hein. Moi, je ne vais pas tarder à fermer les guichets. Je n'ai pas l'intention de tenir boutique pour les Rois mages, ils attendront leur tour. On se voit tout à l'heure, ton frère m'a invitée. Maintenant que je sais que tu es de la partie, il faut que je me fasse belle."

Dans le studio, les vitres sont couvertes de buée. L'odeur des épices a envahi la pièce. Laurent n'est pas là, il a emmené la chienne faire un tour. Mina s'active autour de sa marmite.

"Si tu veux te préparer tranquillement, c'est le moment. Après, ce sera l'invasion. Ton frère t'a montré où est la salle de bains, au moins ?"

Igor tire le verrou en laiton pour être tranquille. La pièce sent le savon bon marché. Les murs sont couverts de photos de mode découpées dans des magazines. Sur la tablette au-dessus du lavabo, au milieu des rasoirs jetables et des flacons de parfum, Igor trouve le shampooing au miel que leur mère achète depuis qu'ils sont tout petits. Il faut enjamber la cuvette des toilettes pour entrer dans la douche. Igor tire derrière lui le rideau à fleurs. Il oublie un instant l'endroit où il se trouve. Il ferme les yeux et masse longuement ses boucles savonneuses.

Quand Igor sort de la salle de bains, les invités sont arrivés. Laurent s'est habillé pour la soirée. Il porte une veste croisée en Tergal rouge dont le col brille. On dirait un pompier qui aurait recouvert sa veste d'uniforme de papier crépon. Son pantalon à motifs pied-de-coq jaune et noir fait penser au tailleur d'une femme de quarante ans qui se lance dans une carrière politique.

Barbara se met à japper et renverse un verre de champagne d'un coup de queue. Laurent attrape sa chienne par le collier et l'enferme dans la salle de bains avant de présenter son frère à ses invités. Sylviane et Tony se sont installés serrés l'un contre l'autre sur le canapé. Il doit avoir dix ans de plus qu'elle et son visage accuse déjà des années d'alcool et de tabac. Sylviane porte des lunettes à grosses montures de plastique ivoire incrustées de doré. Ils habitent l'étage du dessous. Laurent est fier de dire que dans l'immeuble, tous les voisins sont des amis. Sylviane vient tempérer son propos en parlant du locataire du cinquième. Laurent pousse un cri strident et chacun hoche la tête avec un air entendu. Igor se demande si son frère sort parfois de cet univers clos. A-t-il des amis quelque part dans cette ville ? A-t-il une vie amoureuse ? Il n'osera pas le lui demander, il n'a jamais su à quoi ressemblait la sexualité de son frère. Bien sûr, ses attitudes de folle pathétique laissent plutôt imaginer une préférence pour les hommes mais Igor se méfie de ce genre de classification hâtive. En tout cas, il se rend compte qu'il espère confusément l'arrivée d'un nouvel invité. Que ce soit un homme ou une femme, le copain ou la copine de Laurent serait peut-être quelqu'un de sympathique avec qui il pourrait s'entendre et grâce à qui il pourrait approcher son frère. Voir Laurent amoureux le rendrait sans doute infiniment plus touchant.

Jacqueline a pris place sur une chaise dans une robe noire très stricte. Ses cheveux ramassés en chignon et son visage démaquillé lui donnent un air de madone. Mina a retiré son tablier et enfilé des mules dorées. Elle installe Igor près d'elle et lui sert un verre de champagne. On refait cogner les verres Duralex les uns contre les autres pour le nouveau venu. Lorsque les présentations sont faites, Tony finit l'histoire du Noir qui va à l'ANPE, tout le monde rit sauf Igor. Il remarque que son frère le regarde du coin de l'œil, attendant sa réaction. Sylviane explique que personne ici n'est raciste.

“Tu sais bien, Mina, ça ne m'a jamais gêné que tu sois arabe… Au café, on sert tout le monde.”

Igor sent le poids du regard de son frère mais il résiste et lance que ses parents vivent en Afrique. Tony croit bon de dire que ça ne se voit pas du tout et ça fait rire tout le monde. Mina ouvre de grands yeux. Apparemment Laurent ne le lui a jamais dit.

Vers minuit, chacun sort les cadeaux. Igor va chercher celui de son frère et constate, gêné, que plusieurs paquets sont empilés sur sa chaise. Laurent semble plutôt content de sa paire de gants. Igor ouvre un à un ses trois cadeaux. Ayant déjà déballé une eau de toilette et un après-rasage, il espère une surprise. Il déchire le papier et découvre un troisième parfum. Igor embrasse Jacqueline et Mina qui semblent folles de joie. Il se lève pour aller vers son frère. Laurent est debout devant lui. Igor lui touche l'épaule. Son frère recule et lui serre la main.

Le téléphone sonne. Laurent décroche et murmure "Joyeux Noël" puis il tend le combiné à son frère.

"C'est pour toi."

Igor s'installe sur le canapé. Sa mère semble très loin. Il a fait chaud toute la journée et ses fils lui manquent. Elle veut savoir si tout se passe bien, s'ils sont heureux. Elle parle des beaux Noëls de leur enfance. Igor entend son père à côté qui lui dit de ne pas faire dans la nostalgie. Il les imagine tous les deux dans leurs vêtements d'été. Son père a dû installer des flambeaux dans la maison. Sa mère lui parle encore de Karissa. Il est passé en fin d'après-midi leur apporter des langoustes et a demandé de ses nouvelles. Igor a les larmes aux yeux. Malgré ses efforts pour ne pas y penser, pour ne pas se l'avouer, ses parents lui manquent terriblement. Au moment où les larmes roulent en silence sur ses joues il se tourne vers la fenêtre. Il sent sur lui le regard attendri de Mina.

On cogne à la porte et trois travestis entrent en vociférant. L'un d'eux a le bleu du menton qui persiste sous le maquillage. Ils portent des robes de fête en lamé.

"Salut tout le monde. Cachez les enfants, les trois Grâces débarquent. Oh, mais c'est qui, la petite merveille au téléphone ?"

Mina intervient.

“Les filles, vous vous calmez.

— Ah, bon, c’est propriété privée ? Il y en a qui ont déjà une option dessus ?

— Ce soir, nous sommes en famille, alors vous n’allez pas commencer à foutre la merde.”

Igor ne peut pas s’empêcher de rire et sa mère lui demande l’origine de ces hurlements.

“Ce n’est rien, ce sont des amis de Laurent.

— Ton frère a invité beaucoup d’amis ? Vous vous amusez bien ? Je suis contente.”

Igor regarde Rose, Blanche et Pamela se déhancher en brandissant leur bouteille de champagne. Depuis l’arrivée des travestis, Laurent n’arrête pas de minauder. Il met de la musique et danse avec eux. Ses mouvements ont quelque chose d’obscène dans leur ostentation. Sa mère s’est tue un instant et dans le téléphone, le vide, amplifié par la distance, est très impressionnant. Igor contemple la famille que son frère s’est choisie et il pense à Antoine qui a toujours soutenu qu’il se sentait libre d’aimer qui il voulait sans honte. Laurent a attrapé un boa qu’il fait glisser autour de son cou avec une volupté fabriquée. Même s’il tombe un jour amoureux d’un garçon, Igor refusera toujours de ressembler à cette pauvre caricature. Sa mère s’est remise à parler mais Igor n’écoute que d’une oreille. Autour de lui, chacun y va de son petit commentaire sur l’Afrique. Mina n’a pas pu s’empêcher de demander d’où venait l’appel téléphonique. C’est difficile de raccrocher, Igor a l’impression de s’arracher une fois encore à leurs bras. Pourtant, son père lui en intime l’ordre et, après l’avoir embrassé, il obéit. Blanche remarque son regard perdu. Elle lui tend un verre de champagne.

“Moi, mes parents, ce n’est même pas qu’ils sont loin. Ils sont tout près, là, aux portes de

Paris, dans un gentil pavillon, mais ils ne veulent plus me voir. Ils ont oublié que j'existe. Rayée de la carte, je suis barrée comme une chose gênante. Il y a des jours, tu ne peux pas savoir ce que je donnerais pour pouvoir aller déjeuner chez eux le dimanche… Tu vas aller les voir bientôt, tes parents ?

— Au printemps peut-être.

— Qu'est-ce que j'aurais aimé voyager… Le soleil, sur ma peau. Mais les vacances sous les cocotiers, ce n'est pas pour les grosses, les moches, les maladroites comme moi. Toi tu as tout… La beauté, la jeunesse. Et puis, tu as l'air gentil. Reste toujours comme ça, ne change pas. Moi, la vie m'a rendue méchante… Oh, allez, il faut danser maintenant, sinon je vais devenir triste. Mina, Rose, Pamela, les filles, c'est l'heure de la danse du ventre."

Laurent met une cassette de musique arabe et Mina noue un foulard autour de ses hanches. Igor reste assis sur le canapé. Ce n'est plus le corps d'une vieille femme fatiguée qui ondule devant lui. Tous ses gestes sont empreints d'une sensualité et d'une fraîcheur étonnantes. Il croise le regard de Jacqueline qui a perçu sa fascination.

La cassette s'arrête et Mina vient s'asseoir sur le canapé. Laurent s'installe contre elle et pose la tête sur son épaule en souriant. Son visage a une expression d'abandon très émouvante qui laisse Igor interloqué.

"Il est tard pour une vieille dame comme moi. Je vais rentrer. Trois heures, tu te rends compte, ce n'est plus de mon âge. Vous allez continuer à faire la fête. Peut-être qu'Igor pourrait dormir chez moi. C'est plus grand, il sera mieux installé qu'ici sur un matelas par terre… Il viendra te voir demain."

Laurent semble soulagé par la proposition de Mina.

"Je te prends ton frère mais je te laisse mes gamelles sales… Tu me les rendras plus tard. Petit, si tu viens, c'est maintenant. Je n'habite pas loin, nous allons rentrer à pied. Avec un grand gaillard comme toi, je n'ai pas peur."

Les rues sont vides, la ville semble morte. Mina prend le bras d'Igor et se serre contre lui.

"Tous les ans à Noël, c'est la même chose, le couvre-feu. Pourquoi les catholiques nous emmerdent avec leur Jésus comme si c'était de nouveau la guerre ?"

Mina habite au troisième étage d'un petit immeuble de briques. En la voyant sortir ses babouches de son sac à main et les tirer de leur poche en plastique, Igor est attendri.

"Excuse-moi, je n'ai pas de pantoufles à ta taille. Les hommes ne montent plus jusqu'ici."

Mina allume des lampes aux abat-jour de perles dorées.

"Je vais te montrer la chambre des invités. Ce n'est pas le grand luxe mais tu seras mieux que chez ton frère."

La pièce est encombrée de trois grosses armoires en bois foncé et d'un fourneau ligoté avec son tuyau de gaz. Au milieu de tout ça, Mina a réussi à coincer un lit. Des rideaux en lamé vert d'eau pendent devant la fenêtre.

Mina ouvre une armoire et inspecte les piles de linge. Le meuble est mal calé, en s'appuyant sur une étagère, elle fait basculer l'un des cartons posés en équilibre sur la corniche. La boîte s'ouvre en tombant sur sa tête et toutes les décorations de Noël se répandent autour d'elle. Elle éclate d'un rire joyeux. Ils se retrouvent tous les deux à quatre pattes au milieu des guirlandes.

"Tu vois, ça fait des années qu'elles n'ont pas servi et elles se révoltent. Il fallait qu'elles sortent de leur boîte justement aujourd'hui !"

Une fois le carton remis en place, Mina brandit le pyjama en soie jaune qu'elle cherchait.

"Je n'ai plus de pantoufles d'homme mais il me reste au moins un pyjama. Tu vas être beau, là-dedans, mon petit. Tu auras l'air d'un homme…"

Au moment de fermer la porte, Mina se ravise.

"Tu ne vois pas souvent Lolo… Tu le connais à peine, finalement. Je l'aime bien, ton frère. C'est un bon gars, il m'attendrit… Parfois, j'ai peur qu'il ait du mal à être heureux. Il est tellement fragile… Toi, tu es plus jeune mais déjà beaucoup plus fort que lui, ça se voit tout de suite. Ton frère est moins beau que toi… Ta force, c'est aussi ta gueule, mon trésor. Un jour, quand tu auras le temps, quand ta vie aura avancé, il faudra t'occuper de lui, sûrement. Si seulement il savait ce qu'il veut… Enfin, pour l'instant, je suis là. C'est un gentil gosse, c'est sûr. Bonne nuit mon trésor."

De retour chez Laurent le lendemain, Igor rassemble ses affaires et ramasse son sac. Laurent ne cherche pas à le retenir. Ils sont face à face, Igor avance pour déposer un baiser sur la joue de son frère. Laurent se laisse faire mollement. Il reste les deux bras ballants devant la porte. Igor s'interdit de penser à ce que Mina lui a dit la veille et part sans se retourner.

Installé confortablement dans le train, Igor observe les passagers et repère immédiatement, à leur coupe de cheveux, trois militaires en permission.

“Regarde le massacre. Tu me vois avec ça. C’est la mère de ma copine, elle ne savait pas quoi m’offrir. Moi, j’aurais préféré un petit billet mais elle ne voulait pas.”

Il brandit devant lui une cravate en soie rouge. Un homme de quarante ans assis derrière lui réagit immédiatement.

“Mais elle est très bien cette cravate. Vous n’en voulez pas ? Je vous la rachète. Cinquante francs.

— Cent.

— Non, c’est trop cher. Soixante.

— Quatre-vingts.

— Soixante-dix.

— C’est bon, soixante-dix.”

L’homme fouille dans ses poches pour trouver l’appoint et il prend la cravate.

Les trois permissionnaires se lèvent en brandissant d’autres cadeaux et traversent le wagon en annonçant leur mise à prix. Ils réussissent à troquer une chemise à motifs cachemire contre une bouteille de crème de whisky dont une jeune femme veut se débarrasser. Igor fouille dans son sac et sort ses trois flacons de parfum. Il parvient tout de suite à caser une eau de toilette. L’un des militaires est intéressé par l’après-rasage mais il veut l’échanger contre un couteau suisse. Igor veut du liquide et parlemente un moment avant de parvenir à ses fins.

Lorsque le contrôleur pénètre dans le wagon, chacun cesse son petit commerce. Igor retourne à sa place et pose son dernier parfum, à côté de lui, sur la banquette. Le contrôleur poinçonne son billet.

“Tiens, nous portons la même…

— Non, on me l’a offert mais je ne sais pas quoi en faire… Moi, je mets autre chose. L’emballage est intact, regardez, je n'y ai pas touché. Si ça vous intéresse, je vous fais un prix..."

Lorsque le contrôleur sort de sa poche un billet de banque, Igor sent sur lui le regard des passagers. Les permissionnaires lui font des signes admiratifs. Avec les quatre cents francs qu'il a amassés, il s'achètera des disques.

Igor éteint la télévision et se dirige vers la cuisine. Il ouvre le réfrigérateur, s'assied en tailleur devant le bac à légumes et commence son inspection. Le céleri crisse sous les dents. On dirait qu'il reste de la terre dessus, ce qui l'étonne, connaissant Marc et ses manies de vieux garçon.

Marc a quinze ans de plus qu'Igor et parle de leur rencontre comme de la chose la plus belle de sa vie. Un soir d'été, Igor est entré dans un bar. L'homme derrière le comptoir le dévorait des yeux, il s'est installé face à lui sur un tabouret. La nuit a passé très vite à boire, sourire et échanger quelques mots.

C'était un an plus tôt mais Igor a le sentiment d'être là depuis dix ans. Pour une fois, il a suivi un homme jusqu'à son lit et il y est resté, curieux de savoir ce qui allait se passer. Igor avait déjà eu des histoires de cul avec des mecs mais jamais cela ne s'était passé dans un appartement. La nuit avait été agréable et le matin, Igor avait compris qu'il allait s'installer un moment, peut-être même tomber amoureux d'un homme, ce qu'il n'aurait absolument pas imaginé la veille.

Après avoir improvisé un dîner à même le réfrigérateur, Igor se fait un café, il doit encore tenir quelques heures éveillé. Les soirs de semaine, il y a peu de clients, Marc ferme vers une heure. Cela fait plusieurs jours qu'Igor n'est pas venu chez lui mais ce matin, au téléphone, il lui a promis d'être là à son retour.

Igor pose sa tasse sur la vieille commode du salon sans penser au rond de chaleur sur le bois ciré qui risque de provoquer la mauvaise humeur de Marc. Le deuxième tiroir est réservé à Igor. Il n'a jamais voulu s'installer davantage mais, il y a six mois, en transit entre deux logements il a laissé chez lui le peu d'affaires auxquelles il tient.

Igor retrouve des photos de ses parents sur fond de collines africaines, un billet d'avion d'Air Kenya et, posée sur *Les Vacances de Zéphir*, une étiquette de biscuits rapportée d'Italie. C'était sa première mission de plongeur professionnel, il venait de passer son diplôme et avait accepté d'aller couler des piliers de béton au fond de la lagune. Igor retrouve la boule de neige achetée à Montmartre en sortant de chez Mina. Dans le globe de plastique, la neige tombe sur le Sacré-Cœur. Le sachet de lavande que sa mère lui avait offert au marché d'Apt dix ans auparavant parfume encore le tiroir. Il y a aussi quelques roses séchées, un passeport périmé avec ses visas, quelques cartes postales des Pyrénées envoyées par son grand-père il y a longtemps et un livre de poche qu'Antoine lui a donné le jour des résultats du bac, juste avant de partir rejoindre sa mère en Argentine. Coincées entre les pages du *Journal du voleur*, dépassent les quelques lettres qu'il lui a envoyées depuis son départ. Igor n'a pas envie d'ouvrir les carnets griffonnés d'une écriture tassée qui sont cachés derrière des chaussettes.

Il referme et pense à Marc. En rentrant, il aura les yeux fatigués, rougis par la fumée avec ce cerne gris qui donne au vert de ses yeux une nuance très douce. Il lui prend l'envie de le photographier, de capturer cette image qui, au matin, se sera évanouie. Igor se souvient avoir vu Marc ranger l'appareil photo dans la commode. Il est bien là mais vide. Igor ouvre en grand pour chercher une pellicule. Il trouve un sachet en plastique de pharmacie qui lui paraît lourd. Igor plonge la main au fond du sac et en ressort une poignée de galets tout ronds. Il doit y avoir une vingtaine de différentes nuances de gris qui rappellent à Igor le bocal de galets imprégnés de graisse que sa grand-mère utilisait pour faire cuire ses tartes avant d'y disposer une garniture. Cette collection le touche particulièrement et, comme si son attendrissement l'autorisait tout à coup à fouiller, il continue son inspection. Il découvre au fond du tiroir, caché sous des revues érotiques, un album de photos. Igor le prend et, le cœur battant comme s'il pressentait un danger imminent, il va s'asseoir dans le canapé.

Igor ouvre l'album et découvre trois photos. Sur la première, un garçon d'une vingtaine d'années, complètement nu, pose en pied, souriant à l'objectif. La deuxième est un gros plan sur son sexe au repos et la troisième, le même sexe, en érection, de profil. Sous les photos, un prénom tracé au feutre, *Malek*, et une date, *25/08/81*. Igor sent la chaleur envahir ses joues. Les pages suivantes sont identiques, mêmes poses, mêmes plans, autres prénoms, autres dates. Igor feuillette rapidement pour arriver enfin à ce qu'il cherche. Tout à coup, il se trouve nez à nez avec sa photo. Il a du mal à reconnaître le garçon qui sourit à l'objectif comme tous les autres mais il se souvient que le matin de leur première nuit,

Marc avait voulu le photographier et qu'il s'était plié avec bonheur à son désir. Igor voit son prénom tracé en lettres régulières. La date, il s'en souvient encore, il y a un peu plus d'un an, au mois d'août, c'était le 13.

Les larmes coulent lentement le long des joues d'Igor. La main crispée sur sa page d'album, il hésite encore mais il sait qu'au point où il en est, il n'a plus le choix. Il tourne et découvre un autre jeune homme qui regarde l'objectif bien en face. Les photos datent de dix jours à peine après sa rencontre avec Marc. Igor continue à parcourir l'album et n'en finit pas de croiser des regards qu'il préférerait éviter. Stéphane, Rachid, Peter, Simon, Kamsun, Vincent, Raphaël, Bruce, Tran, Emmanuel… Après, les pages sont vierges. *Emmanuel, 17/09/86.* C'était la semaine dernière, lorsque Igor était à Dunkerque pour l'exploration d'une épave de chalutier. Il avait appelé Marc de l'hôtel. Il l'avait réveillé, il s'en souvient parfaitement. Etait-il couché à côté d'Emmanuel lorsqu'il lui avait encore demandé de s'installer chez lui à son retour ? Il devait quitter le studio que le centre de plongée mettait à la disposition de ses moniteurs pour la saison. C'était l'occasion rêvée, ils pourraient passer l'hiver tous les deux au chaud.

Igor referme l'album d'un coup sec. Le corps d'Emmanuel s'en va rejoindre la longue colonne de spectres dans l'obscure épaisseur du papier. Les yeux d'Igor sont secs. C'est la colère qui bouillonne maintenant en lui. Il la sent courir le long de ses veines. Il se dirige vers le placard de l'entrée. Tous les sacs de voyage et les valises de Marc sont là. Igor en attrape un au hasard puis se ravise. Il sait maintenant ce qu'il cherche. Sur l'étagère du haut, soigneusement posé, le sac Hermès années quarante de Marc s'impose. Il l'a soigneusement entretenu, le cuir est resté souple. Igor ouvre le tiroir de la commode qui lui était attribué, en vide le contenu dans le sac et fait le tour de l'appartement pour être sûr de ne rien oublier. Dans la chambre, il trouve un paquet de ses cigarettes, qu'il ramasse.

Dans le salon, il reprend l'album et l'ouvre à sa page. Il soulève le film plastique, décroche les trois photos et les fait disparaître au fond du sac. Sur la page vide et noire, il n'y a plus que son nom et une date. Igor referme l'album et le place bien en évidence sur la table basse à côté de la coupe en cristal dans laquelle il jette la clef de l'appartement. Il sort en claquant la porte derrière lui.

Igor traîne un moment autour du Vieux-Port. Assis sur un ponton, il regarde les bateaux de plaisance se balancer au rythme des vagues. Il se sent étrangement calme et soulagé. Tout ce à quoi il tient se trouve dans le sac posé à côté de lui, il vient de reprendre sa vie en main, il a vingt-trois ans et il est heureux. Maintenant, tout est à inventer. Il passera une dernière nuit au centre de plongée. Avant de se coucher, il rangera ses quelques disques et ses vêtements qui tiennent dans deux valises, et demain matin, de bonne heure, il rendra la clef de sa chambre au bureau. Il appellera un taxi et une demi-heure plus tard, il sera à la gare Saint-Charles. Le soir, il dormira à Paris.

Igor sait déjà que Marc ne cherchera pas à le retrouver. Lorsqu'il rentrera à l'appartement, il se servira un grand whisky qu'il boira d'un trait. Il rangera l'album dans le tiroir. Il décrochera le téléphone pour appeler Emmanuel, Rachid ou Vincent et si personne ne répond, il mettra une pellicule dans l'appareil photo et ressortira pour trouver un garçon sur le port.

Igor se lève et remonte sur le quai. En longeant l'avenue pour trouver un taxi, ses pas l'entraînent malgré lui dans les rues perpendiculaires jusqu'au bar de Marc. Igor reste sur le trottoir d'en face en serrant le sac contre lui. A travers la vitre, il aperçoit des visages auxquels les lampes donnent des reflets jaune et rouge. Derrière le bar, le torchon sur l'épaule, Marc sert des bières. De jeunes hommes plutôt jolis sont perchés autour de lui sur des tabourets. Il y a encore beaucoup de clients, Marc ne sera pas rentré avant au moins deux heures. Igor fixe longuement la devanture du bar. Il ferme les yeux. Il sait qu'il n'a plus rien à faire là. Il rejoint rapidement l'avenue et hèle un taxi. Il s'engouffre dans la voiture. Le chauffeur se retourne, il lui sourit.

Igor n'arrive pas à comprendre pourquoi cette question revient sans cesse dans sa tête. Ses parents sont morts tous les deux, ensemble, d'un seul coup. Il est orphelin, il n'a plus personne chez qui aller pleurer, chez qui aller dire sa joie ou son bonheur. Il est seul, cette douleur est asphyxiante. Plus rien ne se fait naturellement, rester en vie est devenu un effort de chaque instant et pourtant, dans sa tête, cette seule question, obsédante, tourne et retourne, occupant toute la place.

Pourquoi est-ce sa tante Mireille qui a été prévenue la première. Pourquoi ne l'a-t-on pas appelé directement d'Afrique, lui, leur fils ? Pourquoi est-ce Mireille qui lui a annoncé la mort de ses parents ?

C'est elle qui lui a dicté par téléphone la marche à suivre. Les pompes funèbres, l'organisation du convoi jusque chez elle, l'arrivée des corps à Roissy. Elle avait déjà décidé de tout, Igor n'a pas eu la force de lutter. Elle l'a même chargé d'appeler Laurent pour le prévenir. Maintenant que la micheline traverse l'Auvergne, il lui paraît évident qu'il aurait dû garder ses parents à Paris, organiser une crémation pour ensuite retourner avec leurs cendres en Afrique. Là, Omar l'aurait emmené sur son bateau et il les aurait dispersées dans l'archipel, au cœur de la mangrove. Au lieu de cela, il a obéi à Mireille en organisant le convoi jusqu'au village de sa mère sous prétexte qu'une concession leur était réservée à côté de la tombe des grands-parents.

Le contrôleur est à peine plus âgé qu'Igor. Il porte sa casquette en arrière comme un basketteur. Il tourne et retourne le billet d'Igor entre ses doigts, mal à l'aise.

"Votre billet, il n'est pas composté. C'est obligatoire, c'est le règlement. Je vais être obligé de verbaliser."

Igor met du temps à comprendre ce qui se passe. Il regarde fixement le contrôleur de ses yeux creusés, sans parvenir à prononcer un mot. Il pourrait lui dire qu'il va enterrer ses parents et que c'est sans doute pour ça qu'il n'a pas vu les composteurs. "Ils sont morts tous les deux, noyés. Oui, un accident de plongée. Ma mère a dû avoir un problème d'oxygène, mon père est redescendu pour voir ce qui se passait, essayer de l'aider. A moins que ce ne soit l'inverse. Lui aussi a manqué d'air. En quelques minutes l'oxygène a disparu et ils sont morts tous les deux en essayant de se porter secours." Mais c'est impossible d'en parler. Le contrôleur baisse les yeux sans oser le regarder et tire de sa sacoche un carnet à souche. Il s'assied sur la banquette et lui réclame une pièce d'identité. Igor fouille les poches de son blouson et tombe sur le devis des pompes funèbres, plié en huit, avec le reçu pour le convoi. Il finit par trouver son passeport, celui qu'il avait fait refaire juste avant son dernier voyage en Afrique. Il le tend au contrôleur. Sa main tremble et de gros sanglots secouent sa cage thoracique. Toutes les larmes retenues depuis l'annonce de la mort de ses parents coulent sur ses joues. Il reconnaît immédiatement les larmes de l'enfance, celles qui alertaient ses parents la nuit, après un cauchemar. Ils venaient le chercher et il pouvait alors se rendormir, bien à l'abri dans la chaleur de leur lit. Ce souvenir est soudain devenu insoutenable. Igor se met à gémir. Impressionné, le contrôleur reste un moment le stylo en l'air sans parvenir à prendre une décision. Il finit par donner un coup de pince au billet d'Igor et range le carnet à souche dans sa sacoche. Il glisse le billet avec un mouchoir en papier dans la main d'Igor et disparaît rapidement.

Mireille est sur le quai, repérable à son éternelle veste en mohair vert et ses bottines en daim. Igor ne se souvient même plus s'il a revu sa tante depuis la mort de son grand-père. Elle n'a pas changé en tout cas. On la croirait née pour le deuil, c'est sans doute pour elle l'état le plus naturel. Elle ouvre tout grand ses bras pour accueillir son neveu mais Igor s'arrête à un pas d'elle pour pouvoir la saluer sans tomber dans ses bras.

Mireille se met au volant et commence à parler en prenant soin de ne pas laisser le silence s'installer entre eux. Ponctuant toutes ses phrases de "mon pauvre Igor", elle lui dresse la liste des voisins qui ont téléphoné leurs condoléances. Des fleurs ont déjà été livrées et elle lui indique à qui il convient d'envoyer un mot de remerciement. Mireille s'est occupée du faire-part dans le journal local. Le curé doit les attendre à la maison pour régler les détails de la cérémonie.

Igor n'entend rien, il scrute le paysage, cherchant un peu de réconfort dans l'harmonie des courbes et des couleurs. Il pense à son frère, à son silence à l'autre bout du fil lorsqu'il a enfin réussi à le joindre, vers minuit. Tout l'après-midi, lorsqu'il lui laissait des messages laconiques lui demandant de le rappeler, il avait tourné et retourné la phrase dans sa tête : "Laurent, papa et maman sont morts tous les deux, ensemble." Pendant d'interminables secondes, Igor a perçu le vide minéral du réseau téléphonique. L'infime grésillement de la ligne étirait le temps jusqu'à le faire douter de ce qu'il venait d'annoncer. A l'autre bout du fil, la respiration de Laurent a fini par se faire entendre, il pleurait. Ensuite, il y a eu sa voix tremblante : "Qu'est-ce qu'il faut faire ?" Igor a essayé de résumer les instructions de Mireille. En raccrochant, il avait compris qu'il devrait aller seul à Roissy pour l'arrivée des corps, s'occuper seul de toutes les formalités qu'il ne parvenait même pas à imaginer alors que quelques stations de métro seulement le séparaient de Laurent.

Mireille secoue énergiquement le bras d'Igor. Elle a dû lui poser une question.

"Ton frère va se déplacer ?"

Igor sent qu'il doit répondre ne serait-ce que pour défendre Laurent. Il fait un effort pour articuler une phrase. Les syllabes butent dans sa gorge. Il n'a pas parlé depuis vingt-quatre heures, depuis qu'il a vu s'éloigner les deux cercueils dans le fourgon, à l'aéroport.

"Plus tard… Il a raté le train, il prend celui d'après. Ce soir, il sera là.

— Il va falloir que je retourne à la gare… Il ne changera jamais ton frère. Il ne pouvait pas faire attention à l'heure du train ? On se demande où il a la tête. Quand même, pour l'enterrement de ses parents, il ne pouvait pas faire attention ? Il faut encore qu'il fasse sa princesse.

— Il prendra un taxi.

— Il n'en est pas question. Il vient chez moi, c'est moi qui irai le chercher."

Mireille traverse le hameau et s'arrête au pied du terrain, près de la mare. La porte de la cuisine s'ouvre, un vieil homme en costume sombre leur fait signe.

"C'est monsieur le curé. Il nous attend. Essaie d'être correct avec lui, c'est un brave homme."

Le curé a trouvé la bouteille et les verres à gnôle que Mireille avait laissés sur la toile cirée. Ses joues sont déjà toutes roses.

"Mireille, il faut que je parle un moment seul avec ce jeune homme. Où pouvons-nous nous installer ?

— Je vais vous laisser. Je vais en profiter pour aller chez le coiffeur."

Elle met son sac à main dans le panier qu'Igor a toujours connu au bras de son grand-père les jours de marché, et elle repart en faisant claquer ses talons sur le carrelage.

Le curé se frotte les mains dans un sens puis dans l'autre en regardant fixement la toile cirée. Il prend la bouteille de gnôle et remplit deux verres.

"Tiens, ça te réchauffera. Je me souviens de toi le premier été où tu es venu ici. Tu avais quoi, trois ou quatre mois ? Ta mamie était déjà malade, c'était ton grand-père qui te promenait. Tu aurais dû voir sa tête, comme il était fier de te présenter à tout le monde. Je ne sais pas pourquoi, tu étais son préféré. Il disait que tu avais l'air italien. Tu étais un enfant très affectueux, toujours d'accord pour un câlin ou un baiser… Mon pauvre Igor, c'est une tragédie. Je pense que tu vis les heures les plus dures de ta vie et le vieux curé que je suis ne peut rien pour toi. Je sais que tu n'as même pas le secours de la religion… Je parlais beaucoup avec ton grand-père, toujours au café. Tu le connais, il n'aurait jamais mis les pieds dans une église… Enfin, sa fille Mireille y allait pour deux ! Alors, je dois te poser la question, je suis obligé de le faire. Est-ce que tu veux une messe ? Tu es leur fils, c'est à toi de choisir… Peu importe ce qu'a décidé ta tante. Je sais bien que vos parents ne vous ont pas élevés dans la religion."

Le curé a près de soixante-dix ans. Il a dû en faire des enterrements dans sa vie. Des vieux, des enfants, des adultes, des accidentés, des malades, peut-être même des suicidés… Il a sans doute fait son travail consciencieusement. Igor repense à l'employé de Roissy. Lorsqu'il est arrivé là-bas, il ne tenait pas sur ses jambes. Il avait failli vomir en poussant la porte mais l'homme lui avait tendu une chaise en souriant de façon chaleureuse. Il parlait en termes strictement administratifs mais très gentiment. Il rappelait à chaque instant pourquoi ils étaient là mais il semblait désireux de le faire le mieux possible. Une fois les papiers signés, l'homme avait appelé un taxi et l'avait accompagné jusqu'à la voiture. Avant de refermer la portière, il avait serré la main d'Igor dans les siennes. Ce n'est que plus tard, en entrant dans Paris, que ses mots lui étaient revenus distinctement. L'homme avait dit "Bonne chance".

"Pas de messe, c'est mieux. Juste quelques mots au cimetière, un texte, peut-être, c'est tout…

— Ne t'inquiète pas, c'est moi qui l'annoncerai à ta tante. Je lui parlerai et elle comprendra.

Comment vis-tu en ce moment ? Il y a quelqu'un auprès de toi ? Tu es amoureux ?

— Non, je vis seul. Mais j'ai des amis, je suis entouré.

— Tu sais Igor, je sais qui tu es. Je suis un vieux bonhomme, un homme d'Eglise certes, mais avec le temps, en ce qui concerne la morale, on va à l'essentiel… On distingue plus nettement ce qui compte et ce qui ne compte pas. Tu n'es pas obligé de le répéter à mon évêque mais j'ai envie que tu le saches. Un jour, ton grand-père est venu me voir, il voulait me parler de toi. A ce moment-là, tu étais parti faire de la randonnée avec un très beau jeune homme blond. Ton grand-père avait compris que vous vous aimiez et il voulait avoir mon avis. Je lui ai répondu que l'essentiel était d'aimer. Et il m'a répondu : «Alors ça va, on peut continuer à boire des canons ensemble. Parce que tu sais, curé, tu m'aurais répondu une connerie sur le diable, que je ne te causais plus, moi !» Tu sais bien qu'il était comme ça, ton grand-père. Un sacré bonhomme. Alors, il n'y a personne dans ta vie ?

— Pour le moment, non… Enfin, quand Mireille m'a appelé, j'étais en Méditerranée. Je travaillais avec des archéologues…

— Ton grand-père m'a souvent parlé de ton métier mais je n'ai pas toujours très bien compris… Tu es moniteur avec des enfants ?

— Ça m'est arrivé de donner des cours de plongée, l'été, mais en fait je suis plongeur sur des chantiers sous-marins. Mais là, je suis allé travailler avec des archéologues. Je devais faire du gros œuvre pour eux. Ça n'a pas duré très longtemps… Et puis, ils ont commencé à m'expliquer leurs recherches. Pierre m'a dit qu'il voulait que je participe aux fouilles avec eux…

— Pierre, il est archéologue ?

— Oui, je l'ai rencontré là-bas…

— C'est ton ami ?

— Oui, enfin… Nous… C'est juste le début d'une histoire. C'était bien mais voilà… Le téléphone a sonné.

— Fais-moi plaisir mon petit, ne tourne pas le dos à la vie. Après l'enterrement, ne reste pas traîner ici. Ce n'est pas un endroit pour toi. Tu as raccompagné tes parents jusqu'à leur dernière demeure. Tu as fait ton devoir de fils et tu vas reprendre ta vie d'homme. Tu vas retourner au travail tout de suite et tu vas retrouver cet homme. Promets-moi de ne pas te punir et de penser à ton bonheur. En ce moment, tu as besoin des autres. Accepte-le simplement, tu me feras plaisir. Je ne te parlerai pas de Dieu mais si je t'en parlais je te dirais qu'Il t'a voulu heureux. Tu es un bon fils, tu mérites une belle vie."

Le curé se lève avec difficulté et prend Igor dans ses bras. Il sent l'eau de Cologne et la naphtaline. Igor fond en larmes. Le curé est beaucoup plus petit que lui et il ne peut pas enfouir sa tête dans son cou pour se cacher. Il est obligé de pleurer à visage découvert.

Mireille ne dit rien mais Igor sait bien qu'elle n'a pas digéré l'annulation de la messe. Elle s'active au-dessus de fourneau à gaz, il ne voit que son dos mais il perçoit ses gestes heurtés. Les mèches impeccables de son brushing tremblent. Elle remplit une assiette et la dépose devant Igor. Ce n'est pas nouveau, il n'y a jamais eu aucune douceur dans les gestes de Mireille, elle est devenue vieille et sèche à trente-cinq ans lorsque son mari est parti avec une Parisienne. Sa villa neuve au bout du hameau a été mise en vente et elle est revenue vivre chez ses parents. C'est elle qui s'est occupée d'eux jusqu'à leur mort parce qu'elle vivait là, tout simplement, sous le même toit.

"Ici, tout est prêt pour la cérémonie. Le convoi arrive demain matin. Puisqu'il n'y a pas de messe, nous nous retrouverons directement au cimetière... Monsieur le curé sera là malgré tout, ça tu ne peux pas me l'enlever."

Mireille fixe l'assiette d'Igor. Il sait qu'il doit manger s'il veut éviter les histoires inutiles. Depuis deux jours, il n'a rien pu avaler. A chaque bouchée, il se concentre et respire fort pour éviter la nausée.

"Vous n'avez jamais rien pu faire comme les autres, de toute façon... Et eux, c'était pareil... Du jour où elle a rencontré ton père, elle a fait ses quatre volontés. C'était fini, on ne pouvait plus rien lui dire. C'est ce jour-là qu'on l'a perdue, c'est pas d'hier. Et ses fils, alors là, il ne fallait rien dire non plus. Tout ça sentait le vice mais bien sûr c'était normal. L'anormale, c'était moi. Et ton grand-père qui s'y mettait aussi. C'est une bonne rouste qu'il vous aurait fallu. Mais non, il paraît que c'est votre vie et qu'on n'a rien le droit de dire. Chacun doit trouver sa voie. Bon, parfait, Dieu reconnaîtra les siens... Et la plongée, avec ça. Mais qu'est-ce que vous avez tous ? Hein ? Pourquoi, ce serait mieux au fond. Pourquoi ? Tu peux me le dire ?"

Mireille s'est progressivement mise à crier. Igor se lève d'un seul coup comme une mécanique. Sa chaise tombe sur le carrelage dans un grand fracas. Il se précipite vers la porte et la claque derrière lui.

Igor dévale le talus en hurlant. Il ne sait plus où il va. La douleur qu'il a tenté de contenir depuis que le téléphone a sonné éclate enfin. Mais les paysages de son enfance finissent par l'apaiser, son corps se détend, il retrouve son souffle, régulier et sonore, comme en plongée. Et tout revient en bloc. Les étés au bord de la mer, leurs premières expéditions sur les petits fonds en Méditerranée, les étoiles de mer, les algues violettes, et toujours le silence. Le sourire de sa mère, celui de son père, leurs gestes lents et calmes pour indiquer la remontée à la surface. Et le jour où ils ont découvert la grotte. C'est là qu'Igor a compris. Sa vie serait consacrée à la mer, là où tous les corps sont harmonieux. Le curé a raison. Dès que possible, il doit retourner en Méditerranée. C'est là qu'est sa vie désormais. C'est une chose qu'il a choisie.

Mireille a installé les deux garçons dans la chambre du premier, celle où ils dormaient quand ils étaient enfants. Leurs parents étaient juste de l'autre côté du palier dans la chambre jaune. Igor n'a pas eu le courage d'ouvrir la porte, redoutant les vestiges du passé.

Devant les lits jumeaux, les deux frères ont enlevé leurs chaussures en même temps et ils en sont restés là, gênés de se déshabiller l'un devant l'autre.

Laurent est très agité. Sa haine de la famille se focalise d'abord sur le papier peint. Les petites fleurs violettes qui ont dû être choisies par leur grand-mère et qu'ils ont toujours connues deviennent tout à coup une insulte au bon goût.

“J'ai toujours détesté cet endroit. Il n'y a qu'à la regarder, elle, pour comprendre. A se demander comment on peut lui confier des gosses tous les ans à la rentrée. De toute façon, les parents n'ont pas le choix, il n'y a qu'une école. Des générations de névrosés et de suicidaires, voilà ce qu'elle prépare l'autre folle. La seule chose à faire quand on vit ici, c'est de partir. Au moins, sa sœur, elle avait compris. Demain, après la cérémonie, j'appelle un taxi et je file à la gare. Je ne vais pas traîner ici, qu'est-ce qu'elle croit ?"

Laurent est excédé, il sort son téléphone mobile et pianote sur le clavier. Il réessaie, s'acharne.

"Alors, ça, c'est la cerise sur le gâteau. Evidemment, pour tout arranger, dans ce trou paumé, mon téléphone ne fonctionne pas."

Il se lève et sort de sa valise plusieurs vestes et deux pantalons sombres qu'il accroche dans la penderie. Dans l'état d'engourdissement qui est le sien, Igor est étonné de trouver encore la force de se hisser sur les coudes pour détailler la garde-robe de Laurent. Ce sont les tenues qu'il a jugées les plus sobres. Tout est noir et gris, relevé d'un revers en satin ou d'un empiècement en cuir.

"En plus, je ne sais même pas ce que je vais mettre demain. J'ai pris ça comme ça, en vitesse… Je suis parti en catastrophe."

Igor prend son sac au pied du lit et sort son téléphone. Le voyant des messages clignote.

"Je ne dois pas être sur le même réseau que toi. Le mien fonctionne. Tiens, prends-le, si tu veux passer un coup de fil.

— Depuis hier je me demande pourquoi je ne suis jamais allé les voir en Afrique. Tu penses qu'ils m'en voulaient ? Je ne pouvais pas y aller, c'est tout… Leur bonheur m'a toujours été insupportable. Et le tien aussi, vous êtes pareils. Beaux, équilibrés, heureux de vivre…

C'est insoutenable. Ils ont toujours tout compris… Quand tu allais les voir avec un mec ils étaient ravis. Moi, j'étais comme une verrue. Moche, complexé, raté, compliqué… Le chien galeux de la famille et malheureux, en plus. Pourquoi est-ce que nous avons toujours été si différents ? Ne t'inquiète pas, je parle pour moi, je sais très bien que tu ne me répondras pas. Mais enfin, quand même c'était un peu facile, non ? Tu avais quel âge quand ils nous ont plantés là pour aller donner la becquée à des petits Noirs ?

— Maman leur apprenait à lire…

— C'est pareil. Il aurait fallu qu'on dise merci ? Mais comment tu as fait, toi, pour supporter tout ça ? Au moment où j'aurais pu commencer à m'en foutre, c'était trop tard… Je ne pouvais pas revenir en arrière."

Comme pour appuyer son propos, Laurent éteint la lumière. Igor l'entend se déshabiller et se glisser entre les draps.

"C'était dur de les aimer mais je les aimais quand même. Tu crois qu'ils le savaient ?"

Laurent s'endort presque immédiatement. Il se met à ronfler très fort. Igor remet ses chaussures. Il prend son téléphone et descend dans le jardin. En traversant la salle à manger, il aperçoit Mireille au fond du salon. Elle s'est installée avec son tricot devant la télévision. Dehors, il fait nuit noire.

Pierre lui a laissé un message en début de soirée. Il voulait juste lui dire qu'il pensait à lui, savoir quand il revenait et lui dire qu'il l'attendait. Igor sent de grosses larmes remplir ses yeux. Dans le noir, il se laisse aller un moment. Il n'y a pas un bruit dans le hameau. Il entend seulement des chats qui se battent dans la cour de la ferme voisine et, venant de la grange, les cris réguliers d'une chouette. Igor respire fort pour calmer ses sanglots et il compose le numéro de Pierre.

Igor s'est décidé à suivre son frère, il a sauté dans le taxi qui les attendait en bas du terrain. La maison était pleine d'inconnus venus réconforter Mireille. Chacun buvait sa tasse de thé en parlant à voix basse comme si les deux corps se trouvaient encore dans la maison. Quand Igor a vu son frère monter chercher sa valise, il a annoncé à Mireille qu'il devait partir lui aussi pour être de retour sur son chantier le lendemain. Il y a eu un blanc immense lorsqu'il a prononcé le mot "plongée". Chacun s'est regardé en commentant silencieusement son indécence.

Igor suit Laurent sur le quai de la gare de Lyon. Ils montent dans la même rame de métro. Son frère a dormi pendant tout le voyage. Igor avait décidé de lui parler, il avait imaginé que le retour en train serait l'occasion de revenir sur tout ce qu'il n'avait pas pu dire la veille au soir mais Laurent s'est effondré contre la vitre juste après le départ. Son sommeil avait quelque chose d'hostile et Igor a préféré aller s'installer au bar.

Laurent descend à la Concorde et son frère le suit toujours. Il s'arrête à une intersection dans le dédale des couloirs souterrains.

"Tu vas où ?

— A l'aéroport. Je verrai bien à quelle heure est le prochain avion.

— C'est par là, ta correspondance. Moi, je prends l'autre ligne, je rentre chez moi."

Igor réalise brutalement que tout est fini, leurs chemins vont se séparer dans ce décor de carrelage blanc. Il s'approche de son frère en retenant ses larmes et Laurent ouvre ses bras pour le serrer contre lui.

"Fais bien attention à toi."

Igor fond en larmes. Son grand frère le laisse pleurer un moment puis le repousse lentement. Il l'embrasse sur les deux joues, ramasse sa valise et s'éloigne dans le couloir du métro.

Igor reste appuyé à la faïence froide jusqu'à ce que son frère ait disparu. Il ferme les yeux pour fixer la dernière image de Laurent, le dos voûté, portant sa valise trop lourde. Quand il ouvre les yeux, une affiche sur le mur lui fait face. Bernard-Marie Koltès, *Dans la solitude des champs de coton*, mise en scène de Patrice Chéreau, Théâtre des Amandiers, Nanterre.

2

Mathilde tourne en rond dans l'appartement vide. Elle passe devant le secrétaire Henri II sans trouver le courage de l'ouvrir. C'est le dernier meuble qui n'ait pas encore été vidé. Au début de la semaine, Paul a réussi à se libérer pour venir avec elle à l'enterrement. Ensuite, ils sont rentrés ensemble et il l'a aidée à déménager les meubles qu'elle voulait garder. Les fauteuils de son père sont maintenant installés chez elle, il n'y a plus rien pour s'asseoir. Elle observe la trace laissée par les tableaux sur les murs jaunis de nicotine. Désormais, elle est toute seule. L'ultime étape est franchie : elle sera la prochaine à partir.

Tous ses amis ont perdu leurs parents depuis longtemps, c'est déjà une chance d'avoir attendu soixante-sept ans pour voir disparaître son père. Mais cette fois, c'est fini, il n'y a plus personne au-dessus d'elle.

Dans moins d'une heure, le jeune brocanteur qu'une amie lui a recommandé arrivera pour tout débarrasser. Maintenant, Mathilde doit se décider. Elle sait bien ce qu'elle redoute de découvrir dans le secrétaire. Toute l'histoire de ses parents est là. Un jour peut-être, elle trouvera le courage de trier les lettres et les photos pour les donner à sa fille.

Mathilde tire le premier tiroir. Il contient des boîtes à biscuits en fer-blanc bien alignées. Elle les ouvre toutes et son visage se fige. Elle inspecte fébrilement les autres tiroirs et la stupéfaction la gagne progressivement. Il n'y a plus rien. Les tiroirs et les boîtes sentent encore le vieux papier mais tout est vide. Alors Mathilde imagine son père, affaibli par sa longue maladie, se traîner jusqu'au secrétaire pour effacer méthodiquement les traces du passé. A moins qu'il ait demandé à l'infirmière de le faire à sa place. Non, il est probable qu'il a fait ça tout seul. Il faut croire que c'était à ses yeux d'une importance capitale pour qu'il ait trouvé la force de sortir de son lit et de tout transporter jusqu'au vide-ordures.

Mathilde est partagée entre la colère et l'amusement. Son père a toujours été mégalomane et insupportable mais en plus, avec l'âge et la maladie, il a fini par devenir odieux et grossier. Ses dernières années ont été un calvaire, il s'est débrouillé pour accaparer tout son temps et l'empêcher de vivre. Mais elle ne s'est jamais rebellée, subissant ses humeurs en silence. Bien sûr, Mathilde sait qu'il comblait sa solitude, cette sorte d'oubli à elle-même l'arrangeait sûrement. Et, étrangement, ces dernières années l'ont encore rapprochée de Paul car ils devaient l'un et l'autre commencer par échapper à la maladie et à l'angoisse avant de se retrouver pour célébrer leur amour. C'est d'ailleurs le moment où ils se sont mariés et son père, cloué au fond d'un lit, n'a pas eu le loisir de ternir son bonheur.

Soulagée, Mathilde referme les tiroirs du secrétaire. Elle se sent soudain légère. Par la fenêtre, elle observe les motifs que dessine la lumière du matin sur la façade voisine. Tout à l'heure, elle remontera chez elle chercher son sac à main et filera déjeuner au bord de la Seine et elle sait déjà que les rayons du soleil dans le feuillage des platanes suffiront à illuminer son trajet en bus. En allant ouvrir la porte au brocanteur, Mathilde se demande d'où lui vient cette capacité à se réjouir d'un rien. Entourée par la maladie et la mort, elle parvient toujours à trouver dans chaque journée des moments de pur bonheur.

Le jeune homme entre dans l'appartement. Il y a quelque chose de séduisant dans son regard clair et ses longs cheveux blonds qui tombent sur ses épaules. Il lui parle doucement comme un employé des pompes funèbres. Mathilde lui confirme que tout ce qui est là doit disparaître et il dresse méthodiquement la liste des meubles sur un cahier. Mathilde le regarde faire. C'est ainsi qu'elle a toujours imaginé la visite d'un huissier. Dans les années les plus difficiles, lorsqu'elle s'est retrouvée seule avec sa fille et qu'elle jonglait avec les factures impayées et les chèques que la banque refusait d'honorer, elle a trouvé plusieurs fois sous sa porte des papiers roses. Pour que sa fille ne se doute de rien, elle les ramassait négligemment et les fourrait dans son cabas au milieu des provisions pour le dîner. Elle avait appris à les reconnaître au premier coup d'œil. Les roses étaient les pires. *Dernier avis avant saisie*, la menace était claire. Aujourd'hui, Mathilde n'a plus de gros soucis d'argent mais, lorsqu'elle reçoit une lettre recommandée, la peur revient, intacte. Le jeune homme lui demande de signer en bas de la liste. Il lui fera parvenir le chèque correspondant à sa part de la vente.

Une fois l'appartement débarrassé, Mathilde referme rapidement la porte sans prendre le temps de jeter un dernier coup d'œil aux pièces vides. Avant le déjeuner, elle passera rendre les clefs à l'agence immobilière. Mathilde s'est singulièrement facilité la vie en installant son père dans le même immeuble. Ses amis avaient poussé de hauts cris, s'alarmant de l'esclavage qu'elle était en train d'initier. Mais sa décision était la bonne. N'avoir que deux étages à descendre pour répondre à ses appels tyranniques lui avait fait gagner du temps.

Les derniers mois, il perdait complètement la tête, la confondait avec sa propre mère et réclamait cinq fois par jour qu'elle vienne lui nouer ses lacets. Pour qu'il n'ameute pas tout l'immeuble avec ses hurlements, elle descendait. C'est à ce moment-là qu'un journaliste avait voulu la rencontrer. Il enquêtait sur le naufrage du *Naxos* et malgré les exigences de son père, Mathilde avait réussi à lui consacrer plusieurs heures d'entretiens. Tout cela aurait été impossible s'il avait fallu qu'elle coure à l'autre bout de Paris pour s'occuper de lui.

Mathilde se remet un trait de rouge à lèvres devant le miroir syrien de sa chambre. Elle trouve amusant qu'on s'intéresse de nouveau à ses travaux au moment même où disparaît celui qui l'a toujours empêchée de vivre. Quand à vingt ans, elle commençait à parcourir le monde pour participer à des chantiers de fouilles, son père lui avait simplement dit que c'était une occupation de petite bourgeoise désœuvrée. Il estimait qu'il y avait mieux à faire dans la vie mais il avait quand même accepté de l'inscrire à l'Ecole du Louvre dans l'idée qu'elle s'y trouverait un mari et oublierait l'archéologie. Mathilde s'était alors très vite spécialisée dans les antiquités moyen-orientales pour partir sur des chantiers de fouilles loin de Paris. C'était pour elle une passion tellement profonde que personne n'aurait pu la faire changer d'avis. De son enfance en Indochine elle avait gardé le goût des cultures lointaines. Mais c'est sans doute sa rencontre avec un jeune curé qui pouvait expliquer l'orientation qu'avait prise sa vie. Elle avait douze ans quand un frère franciscain avait débarqué à Hanoï pour remplacer le vieux prêtre rentré en métropole. Il était particulièrement beau et sa longue robe ajoutait au mystère de sa virilité défendue. Mathilde avait commencé à fréquenter assidûment l'église et avait pris l'habitude de passer à la cure après le lycée. Le jeune franciscain lui montrait les livres qu'il se faisait expédier. Tous traitaient des merveilles de la civilisation chan. Un soir il avait sorti une carte qu'il avait quadrillée au stylo rouge. C'était le projet d'un chantier de fouilles. Mathilde avait acheté une truelle et des brosses pour le suivre. Et c'est en voyant sortir de l'obscurité les murs d'un temple dont personne ne soupçonnait l'existence, qu'elle avait décidé de consacrer sa vie à l'archéologie.

Mathilde repense à cette époque en se demandant comment elle a trouvé le temps de se marier et de faire un enfant. Il faut dire qu'elle n'a pas cherché longtemps, elle a plutôt pris ce qui venait. Mathilde se regarde dans le miroir et, des années plus tard, lui revient cette sensation humiliante de n'être pas séduisante. Ses plus grands moments de bonheur, elle les a connus à quatre pattes dans la poussière, coiffée d'un horrible fichu, fagotée comme les ouvriers qui l'entouraient, d'un costume de grosse toile. Là, elle n'avait pas à faire valoir sa féminité, tout le monde l'appelait *madame* mais elle était traitée comme un homme. C'est lorsqu'elle rentrait à Paris que les choses se compliquaient. Elle n'avait jamais été sûre d'elle et avait imaginé que le mariage réglerait la question. Elle avait donc épousé le premier venu et sa fille était née peu après. Là encore, selon sa famille, elle n'avait pas été une bonne mère, elle n'avait pas réussi à soutenir la comparaison avec ses belles-sœurs et ses amies. C'était une mère absente, plus préoccupée par l'Histoire que par les vagissements de son enfant. Contre l'avis de tous, elle l'avait emmenée avec elle sur le terrain et avait enfin connu le bonheur d'être mère. Comme elle passait ses journées sur le champ de fouilles, elle confiait sa fille, qui marchait à peine, à la femme d'un ouvrier du chantier. Elle s'était installée chez eux et le soir, encore émerveillée par ses découvertes, elle retrouvait Clara au milieu d'autres enfants, heureuse et épanouie. Mathilde passait alors de longs moments en famille avant de se retrouver, avec sa fille, dans l'intimité de leur chambre. La maternité n'était plus une compétition mais une sorte de partage serein et lumineux. A son retour à Paris, son mari avait disparu dans la nature. Quelques jours plus tard, elle avait eu le droit de savoir qu'il était parti vivre avec une autre. Elle la connaissait, c'était une femme brillante et belle, de celles qu'on remarque dans les dîners.

Mathilde ferme la porte de son appartement et elle pense à Paul. La vie lui a tout de même fait un beau cadeau. L'autre jour, elle a croisé par hasard son ex-mari dans la rue. Vêtu d'une veste grenat, il ressemblait à un vieux beau. Pour rien au monde elle n'échangerait Paul contre lui. A la fin de la semaine, son héros, sa passion juvénile et déraisonnable, Paul, l'amour de toute une vie sera là avec elle.

Dehors, la lumière du soleil est si forte que Mathilde plisse les yeux. Elle trotte jusqu'à l'arrêt du bus.

Mathilde est assise sur le canapé, ses notes dispersées autour d'elle. Elle tente de mettre de l'ordre dans les fiches qu'elle a préparées pour son émission de radio. Le jeune archéologue qui a exploré l'épave du *Naxos* sera là, lui aussi. Lorsqu'il est venu chez elle pour consulter ses archives, elle l'a trouvé très attachant. Paul s'est inquiété qu'elle lui ait immédiatement confié toute sa documentation sans prendre la peine de faire des copies mais elle lui a répondu qu'il lui inspirait confiance. Son air sérieux et concentré de bon élève a touché son âme d'éternelle dilettante. Paul a beau lui répéter depuis des années qu'elle doit faire preuve de plus de confiance en elle, Mathilde n'arrive pas à prendre au sérieux ses travaux d'archéologie. Face à un spécialiste, quel que soit son âge, elle se sent toute petite, comme si son approche était trop humaniste, pas assez scientifique. Lorsque Pierre, le jeune archéologue, lui a demandé l'autorisation de consulter ses documents et son journal de bord, elle a d'abord été flattée. Après une vie passée dans l'ombre, elle se sentait rosir comme une débutante à l'idée qu'on allait peut-être reconnaître quelque intérêt à ses recherches. En lui parlant avec douceur, Pierre lui a témoigné beaucoup de respect et elle a reconnu le ton qu'emploient les jeunes gens bien élevés pour parler aux vieilles dames. Par la suite, il l'a régulièrement tenue informée de l'avancée de ses travaux. Le jour où Pierre l'a appelée pour lui dire que la sonde magnétique venait de repérer l'épave au large de Chypre, Paul était avec elle. Mathilde a raccroché le téléphone et elle a éclaté en sanglots. Paul s'est inquiété, se demandant qui, dans leur entourage, venait de rejoindre la longue colonne des disparus. Mais lorsqu'elle lui a raconté ce qui se passait, il l'a prise dans ses bras en tournant la tête pour dissimuler son émotion.

Mathilde avait eu, à cet instant précis, le sentiment étrange de franchir les portes de la maison de ses ancêtres avec l'homme qu'elle aimait. C'était, pour elle, un sentiment étrange. Elle ne savait évidemment pas ce qu'était devenue leur maison en Indochine, ses grands-parents avaient passé leur vie à déménager et aucun endroit au monde ne la rattachait à ses origines. Avec cette épave retrouvée au fond de la Méditerranée, un territoire du passé lui était rendu.

Mathilde entend la clef tourner dans la serrure et se précipite, pieds nus sur le parquet. Paul apparaît dans l'encadrement de la porte, son éternel cartable en cuir marron à la main. Il prend Mathilde dans ses bras et la soulève pour l'embrasser. Elle reste longtemps serrée contre lui, le nez dans son cou. Pendant les quinze prochains jours, Paul sera près d'elle.

“Tu as pu te libérer plus tôt que prévu.

— Oui, la sœur de Maud a pris le train du matin, elle est arrivée pour le déjeuner.

— Ça va ?

— Oui, ne t'inquiète pas, tout va bien.”

Mathilde sait qu'il ne sera plus question de Maud dans les jours qui viennent. Ces quelques mots signifient que leur arrangement fonctionne toujours. Paul n'a rien de nouveau à signaler. Il entre dans son bureau, pose son cartable sur la table et ouvre les persiennes. Le soleil projette des ombres sur les toits en zinc. Paul savoure ce sentiment de paix retrouvée. L'appartement de Mathilde est au dernier étage de l'immeuble. Vu d'en haut, le monde devient simple et lumineux. L'agitation de la rue, le bruit des voitures, les sirènes des ambulances montent jusqu'à lui, il imagine la précipitation des passants qui courent vers quelque chose ou quelqu'un mais lui est arrivé à destination. Chaque fois, c'est le même rituel, il a besoin de quelques instants de solitude, comme un sas avant de reprendre la vie qui est la sienne, ici, auprès de Mathilde. Ses mains retrouvent la rugosité de la balustrade en béton du balcon et chassent de son esprit les deux semaines qui viennent de s'écouler loin de cet appartement. Maud a approuvé leur organisation, elle ne voulait pas qu'il sacrifie son bonheur pour elle et Paul sait que sa sœur s'occupe bien d'elle.

Il retrouve Mathilde assise sur le canapé, ses jambes repliées sous ses fesses. Elle lui lance un regard tendre.

"Ton roman avance ? Tu es content ?

— Oui, j'espère que j'aurai fini pour le mois de décembre. En novembre, je dois aller aux Etats-Unis. On m'a demandé de faire une lecture.

— Tu es obligé d'y aller ?

— C'est à New York… Mon éditeur insiste beaucoup pour que j'y aille.

— Je ne pourrai pas venir avec toi…

— Vincent ?

— Oui… Ça ne va pas fort. Son médecin m'a demandé de passer. Tu sais, je t'ai parlé d'elle, je l'avais croisée après l'opération.

— Tu dois aller voir Vincent cet après-midi ?

— Non, j'y suis allée ce matin.

— Puisque je suis arrivé plus tôt que prévu, on pourrait faire quelque chose tous les deux… Tu as envie de sortir ? Je te consacre mon après-midi, je travaillerai demain.

— On pourrait aller t'acheter une veste… Tu ne vas pas partir à New York avec une de tes vieilles ruines…"

Paul se redresse dans son fauteuil. Il déteste faire les magasins. Il y a dix ans il a acheté plusieurs vestes et pantalons du même modèle, espérant être tranquille jusqu'à la fin de sa vie. Mais depuis un moment déjà, Mathilde multiplie les allusions. Cette fois, il s'est fait piéger, c'est trop tard, il ne peut plus reculer. Il se lève en dépliant lentement ses jambes. Mathilde saute de son canapé, enfile une paire de mules à talons, attrape son sac à main et pousse Paul vers la porte.

Paul n'est jamais venu dans cette boutique. Les vendeurs ont vingt ans et les quelques clients qui errent en silence le long des rayons ne sont pas tellement plus âgés. Il ne comprend pas pourquoi Mathilde est entrée là. Ne s'est-elle pas rendu compte qu'elle vient de s'égarer sur le tas de sable d'un square ?

A la grande stupéfaction de Paul, un des jeunes vendeurs s'avance vers Mathilde en lui tendant la main.

"Bonjour, madame, vous êtes revenue avec votre mari ? Bonjour, monsieur. Vous voulez voir le modèle de la nouvelle collection que vous aviez repéré l'autre jour ?"

Mathilde se tourne vers Paul, l'air triomphant. Depuis qu'ils sont entrés, elle avait pris soin de ne pas croiser son regard réprobateur. Il lui sourit tout en s'attendant à voir surgir une veste en satin piqué de plumes de geai. Le jeune homme lui présente une veste en toile sombre et unie, coupée droit. Mathilde est ravie.

"Elle est belle, non ? Il faut que tu l'essaies.

— Oui, vous ne pouvez pas vous rendre compte comme ça. Il faut la passer. Vous verrez, elle est très agréable à porter."

Paul retire sa vieille veste, cherche quelques instants où la poser avant que Mathilde ne lui simplifie la vie en l'attrapant. Il enfile le modèle que lui tend le vendeur. La taille est parfaite.

"C'est bien, c'est ma taille, je la prends…"

Le vendeur espérait sans doute un essayage moins expéditif. Son visage s'allonge de déception. Il cherche de l'aide du côté de Mathilde.

"Vous aviez vu d'autres modèles, l'autre jour, je vais vous les montrer…

— Non, ce n'est pas la peine… Où est-ce que je paie ?"

Le vendeur fait semblant de ne pas entendre, il se précipite vers le fond du magasin pour rapporter d'autres modèles.

"Celle-ci est plus sport… La coupe est sympa. L'autre est très légèrement cintrée, plus près du corps. C'est assez jeune tout en étant habillé. Qu'en pensez-vous, madame ?

— Elles sont bien aussi, tu devrais les essayer…

— Non, je ne fais jamais de sport et je ne suis plus jeune du tout. Où est-ce que je paie ?"

Le vendeur implore une dernière fois le soutien de Mathilde mais elle ne répond pas à son regard. Il pose les vestes sur un meuble et laisse retomber ses bras le long de ses cuisses. "Suivez-moi, je vais vous conduire à la caisse."

Paul marche tout droit vers la sortie. Mathilde redouble de sourires, comme pour s'excuser d'avoir un mari imprévisible. Elle dit : "Merci, *monsieur*. Au revoir, *monsieur*." Dans la rue, elle rattrape Paul et trotte pour rester au même niveau que lui. Il n'a pas l'air de mauvaise humeur mais il est perdu dans ses pensées.

"Elle te plaît, la veste ?

— C'est bien, oui."

Dans le bus, Mathilde s'assied au fond près d'une vitre. Elle s'entend parler à tort et à travers mais elle ne parvient pas à se taire. Elle est heureuse de retrouver Paul, pendant deux semaines elle a accumulé plein de choses à lui dire et tout sort dans le désordre, sans aucun souci de cohérence. Il fait beau, l'homme qu'elle aime est assis à côté d'elle, Paris défile derrière les vitres du bus et elle a envie de lui faire remarquer deux pigeons qui se battent au pied d'un arbre ou une fille sur une Vespa bleu ciel. Avec lui, elle ne s'ennuie jamais.

"Regarde, on dirait ton copain Richard. Tu ne trouves pas ? Le bas du visage, c'est vraiment ça. Remarque, celui-ci a l'air moins emmerdant… Je ne t'ai pas dit, j'ai invité Roger et Nelly à dîner ce soir…

— Est-ce que tu crois qu'un homme qui n'a jamais connu sa mère pourrait un jour la reconnaître dans la rue ?

— Non, ça ne me paraît pas possible. Mais ton personnage peut avoir vu des photos d'elle, même s'il ne l'a jamais rencontrée… Là ça devient plausible. J'ai invité Roger et Nelly à dîner, ce soir. Ça ne t'embête pas ? Quand nous avons arrêté la date, je ne savais pas si tu serais là…

— Ça me fera plaisir de les voir."

En arrivant, Paul s'enferme dans son bureau pour travailler. En prenant la salade dans le bac à légumes du réfrigérateur, Mathilde se souvient soudain qu'il lui avait promis de lui consacrer l'après-midi. Cette fois encore, son roman a eu le dernier mot. Elle n'est pas particulièrement déçue, elle a toujours eu un immense respect pour le travail de Paul, quitte parfois à passer au second plan. Avec le temps, elle s'est habituée à leurs séparations obligées et, une fois cette difficulté surmontée, elle a dû encore se faire à l'idée que Paul passe plus de temps enfermé dans son bureau qu'à bavarder avec elle au salon lorsqu'ils vivent ensemble. Finalement, la solitude acceptée est le fondement de leur bonheur à deux. Elle est sûrement à l'origine de cette fraîcheur de sentiments qui l'envahit lorsque Paul s'encadre dans la porte.

Depuis des années, Roger et Nelly jouent avec ostentation la comédie du vieux couple solide qui a survécu à toutes les tempêtes que réserve la vie. Nelly lui a téléphoné ce matin pour commander le menu. Sous des dehors affables et plutôt exubérants, elle passe son temps à tyranniser ses amies. Mathilde se laisse faire sans broncher parce qu'elle a sur elle une supériorité incontestable : depuis des années, elle tient de Roger des confidences sur ses maîtresses. Nelly, elle, n'en sait rien et continue à inonder Mathilde de détails sur la fidélité et la soumission de Roger.

Mathilde pose le saladier sur la table. Pour rien au monde elle ne changerait de vie. Roger et Nelly vont bientôt sonner. Elle leur servira à boire et ils passeront un moment à bavarder de tout et de rien. Plus tard, Paul sortira de son bureau, il aura ce regard que Mathilde aime tant, la transparence de ses yeux légèrement voilée par les tourments qu'il vient d'infliger à ses personnages. Il fera peut-être l'effort de prononcer quelques phrases aimables à l'intention des invités et Nelly sera soudain moins loquace, comme intimidée par cet homme qu'elle fréquente pourtant depuis longtemps. Mathilde, comme toujours, sera fière comme une petite fille qu'on photographie aux côtés de son héros.

Mathilde raccompagne Roger et Nelly jusqu'à l'ascenseur et elle rejoint Paul à la cuisine. Il a presque fini de remplir le lave-vaisselle.

“On finira demain… Tu viens te coucher ?”

Paul est déjà dans le lit lorsque Mathilde le rejoint. Elle laisse tomber sa djellaba sur le parquet et entre sous les draps. Ils restent longtemps face à face, allongés sur le côté. Ils se sourient et posent précautionneusement la main sur le corps de l'autre. Ils laissent leurs peaux s'apprivoiser lentement avant d'oser poursuivre. Finalement, leurs corps s'enlacent et ils retrouvent des gestes qui leur semblent venir de très loin.

Après l'amour, ils restent immobiles en se donnant la main. Mathilde a vaguement le sentiment de se trouver dans une chambre d'hôtel au papier défraîchi, de ces repaires pour couples illégitimes qu'elle a souvent fréquentés dans sa jeunesse. Paul l'a épousée, elle est sa femme légitime mais, allongée nue à côté de lui, elle est sa maîtresse et lui, son amant. C'est aussi parce qu'il y a Maud. Mathilde ne parvient pas à penser à elle en d'autres termes que "sa femme". Ils n'ont jamais été mariés mais Maud était là avant et c'est finalement grâce à elle qu'elle restera éternellement la maîtresse de Paul.

Chaque fois qu'elle attend Paul, Mathilde se demande s'il pourra venir cette fois encore. Son arrivée est toujours, au bout de toutes ces années, un cadeau volé sur l'avenir. Lorsqu'elle est seule la nuit, mille questions peuplent ses insomnies. Si un jour Maud changeait d'avis ou si sa sœur disparaissait, que deviendrait leur fragile organisation ?

Une main posée sur la hanche de son amant, elle regarde les courbes vieillissantes de son corps. Ce qui était un long trait harmonieux lorsqu'elle l'a rencontré est devenu avec le temps une suite de minuscules plis qui dessinent des virages abrupts. Mathilde est profondément émue par ce corps qui porte les marques d'une vie qu'ils ont en partie partagée, elle se demande même si ce n'était pas déjà ce corps fatigué qu'elle aimait lorsqu'elle a rencontré Paul, ces minuscules accidents à venir alors dissimulés sous une musculature conquérante. Elle en vient à penser que déjà, à l'époque, elle avait eu l'intuition qu'un jour elle aurait le bonheur d'être toujours à ses côtés, bien des années plus tard, à contempler le chemin parcouru.

Mathilde regarde le plafond. Il faudrait peut-être faire venir les peintres un de ces jours pour reboucher les fissures et donner un coup de blanc. Paul s'est endormi. Son sommeil d'enfant l'a toujours fascinée. Elle était déjà insomniaque lorsqu'ils se sont rencontrés.

En traversant le jardin de l'hôpital, Mathilde se refuse à compter le nombre d'agonies qu'elle a accompagnées entre ces murs. Parfois, c'étaient de simples connaissances, des gens qu'elle avait fréquentés mais qui n'étaient pas pour autant des amis. Mathilde leur rendait visite poussée par un reste de croyance en l'être humain qui ne l'avait jamais quittée. Peut-être, un jour, en ferait-on autant pour elle ? Mais cette fois, avec Vincent, c'était un drame intime qui se jouait.

La vie de son cousin et la sienne avaient toujours été entremêlées comme deux rosiers plantés trop près. Sans qu'ils s'en rendent compte, chacun était devenu la référence humaine et morale de l'autre. Ils s'étaient reconnus au premier coup d'œil lors d'une réunion de famille rigide et conventionnelle. Il avait neuf ans, elle en avait huit. De ce jour, ils ne s'étaient plus quittés et avaient vécu comme un frère et une sœur. Vincent donnait à Mathilde des conseils sur un ton paternaliste et elle l'assommait à longueur de temps avec ses confidences impudiques. Elle n'avait jamais imaginé que leur vie pouvait changer.

Mathilde dépasse une rangée de bancs où sont installés des malades. Ils ont été autorisés à traîner leur pied à perfusion jusqu'au jardin et leurs bras immobiles au bout des tuyaux transparents ressemblent à des ailes coupées. Elle croise leurs regards remplis de détresse et presse le pas, mais ses jambes la portent à peine. Au bout de son bras, son cabas pèse lourd. Elle est frappée par le ton professionnellement calme et posé de la jeune femme qui la renseigne à l'entrée. A cet accueil neutre et aseptisé, elle aurait préféré une voix éraillée, un accent du Sud-Ouest. En sortant de l'ascenseur, elle est un peu rassurée. La grosse femme à qui elle s'adresse est en train de dévorer un sandwich au thon et son air de gourmande satisfaite fait plaisir à voir. Plus loin dans le couloir, deux jeunes infirmiers se courent après en imitant le bruit des sirènes d'ambulances.

Le professeur qui s'occupe de Vincent apparaît et la fait entrer dans son bureau. C'est une belle femme de quarante ans au sourire rassurant. Mathilde tente de rester calme mais elle sent son visage se crisper en une grimace minaudante et des larmes coulent sur ses joues.

"Votre cousin a beaucoup de chance d'avoir quelqu'un comme vous. Mes malades sont souvent très seuls... Vincent ne va pas bien du tout... Il faut que vous le sachiez pour pouvoir continuer à l'aider. L'opération n'a pas suffi, les métastases se multiplient... Elles atteignent le foie. Il est actuellement trop faible pour envisager une deuxième intervention. Si d'ici quelques semaines il a repris des forces, je vous promets que je tenterai l'opération. Ce sera fatigant et sans doute douloureux mais si son état le permet, nous devons essayer. Vous lui parlerez ?

— Bien sûr... Vincent sera d'accord, il est tellement courageux. Il ne se plaint jamais. Dites-moi franchement, il en a pour combien de temps ?

— Je ne le sais pas… Six mois, un an, deux ans ?… C'est impossible de le dire.

— C'est insupportable d'attendre sans savoir. Vincent se sait condamné. Il n'en parle jamais mais je le vois dans ses yeux.

— Personne n'a envie de mourir, pas plus lui que vous. Mais moi, je suis là pour l'aider à partir le mieux possible, c'est mon boulot. J'essaierai autant que possible de lui éviter de souffrir. Et si, à un moment, il ne peut plus réclamer, c'est vous qui le ferez à sa place. Vous pouvez venir me voir quand vous voulez."

Mathilde ne pleure plus, elle regarde la femme qui est assise face à elle. Elle tire une cigarette d'un étui en argent, ses mains sont longues et soignées. Comment fait-elle pour rester aussi calme ? Tous les patients dont elle s'occupe aujourd'hui seront morts d'ici peu mais elle continue à y croire. Mathilde accepte la cigarette qu'on lui tend.

"Merci, merci beaucoup pour Vincent. Il vous aime beaucoup. Je voudrais vous poser une question. Comment faites-vous pour tenir ? Vous êtes croyante ?…

— Absolument pas, je n'ai jamais connu la foi.

— Vous êtes très amoureuse, alors ?… Vous devez avoir, en dehors de ces murs, une vie affective intense.

— Mon mari est parti il y a six mois avec une femme qui a dix ans de moins que moi et j'élève seule mon fils…

— Excusez-moi, je ne voulais pas être indiscrète, je suis désolée…

— Ça n'a aucune importance. Ne vous inquiétez pas pour moi…"

Mathilde se lève et le médecin lui fait remarquer qu'elle risque d'avoir des ennuis si elle n'éteint pas sa cigarette avant de sortir de son bureau. Elle lui tend la main et Mathilde repart sans avoir osé sortir le gâteau qu'elle avait préparé pour elle le matin. Elle l'apportera demain chez Vincent, l'infirmière sera ravie de le manger.

Lorsque le taxi passe sous le pont de Bir-Hakeim, Igor observe encore une fois le profil de Pierre. Son nez très droit est le seul accident sur la longue ligne qui relie son front à son menton. Une beauté classique, se répète-t-il souvent en le regardant dormir. Il croise son regard et son air de petit garçon apeuré l'émeut profondément. Il se penche pour l'embrasser dans le cou et prend sa main dans la sienne.

C'est Pierre qui lui a demandé de l'accompagner parce qu'il avait le trac. Et puis, il considère qu'Igor est concerné par cette émission. Pierre ne rate jamais une occasion de le mettre en avant, de préciser qu'ils travaillent ensemble. Il n'a que deux ans de plus que lui mais il ne peut pas s'empêcher de jouer les aînés. La vie a très rapidement distribué les rôles. Les parents d'Igor sont morts quelques jours après leur rencontre et, dans les mois qui ont suivi, Pierre l'a porté à bout de bras. D'une certaine façon, l'archéologie l'a sauvé du désespoir. Pendant de longues semaines, Igor a plongé tous les jours. Grâce à des relevés, des croquis, ou des simulations, Pierre lui expliquait ce qu'ils cherchaient. Igor écoutait en silence, il gravait dans sa mémoire les formes et les emplacements et plongeait, seul avec une caméra. En cherchant des traces de vie au milieu des algues et des coraux, Igor poursuivait un but encore flou mais il pressentait que c'était la seule voie possible pour surmonter sa souffrance.

Igor claque la portière du taxi. Il laisse Pierre le devancer de quelques pas pour avoir le loisir de contempler sa longue silhouette. Il pense à tout ce que cet homme transporte avec lui de savoir patiemment accumulé. Il se souvient parfaitement du jour où il a retrouvé la trace de la statue immergée.

Igor était arrivé chez Pierre en début de soirée et l'avait trouvé très agité. Il ressemblait à un savant fou qui vient de mettre au point une machine révolutionnaire. Pierre tenait à la main un livre qui retraçait les années de la guerre d'Algérie. Il l'avait acheté à cause de son père, voulant en savoir un peu plus sur cette époque qu'il n'avait pas connue. Pierre était tellement bouleversé qu'il n'arrivait pas à faire des phrases cohérentes. Lorsqu'il avait sorti un dossier avec des hypothèses de figuration d'une statue disparue, Igor avait compris que son trouble n'avait rien à voir avec la guerre d'Algérie. Pierre venait de retrouver la trace d'un vestige que les archéologues traquaient depuis des années.

Le livre était un essai politique, il ne faisait qu'une allusion vague au naufrage du *Naxos.* L'auteur se demandait pourquoi la France n'avait pas entrepris de remonter l'épave immergée au large de Chypre et il tentait de relier cette affaire au contexte général d'un pays engagé dans une guerre de décolonisation. La description d'une statue mésopotamienne de l'âge du bronze, représentant une divinité des eaux, était sommaire mais elle avait suffi à éveiller la curiosité de Pierre.

Igor connaît l'obstination de son ami à déchiffrer des signaux qui viennent de très loin et qui ne lui étaient peut-être pas destinés mais, à la terrasse d'un café, il passe seulement pour un homme séduisant et plutôt sensuel. Il a l'air sage mais heureux de vivre, et dans ses yeux, une étincelle de malice fait se retourner les passants qui sont pourtant loin de soupçonner la passion qui l'anime.

Dès qu'il l'avait rencontré, il lui avait semblé normal de passer tout son temps à ses côtés. Ce n'est pas lui qui l'avait fait venir sur le chantier pour dégager la vase autour des vestiges sous-marins mais à son arrivée, il avait décidé qu'il serait son unique interlocuteur. Sa façon de lui décrire l'ensemble du projet archéologique lui plaisait. Igor sentait combien Pierre avait envie de faire partager sa passion mais il avait mis du temps à s'avouer que leur lien avait quelque chose de privilégié.

Lorsqu'un soir Pierre l'avait emmené faire une promenade le long de la plage, il n'avait rien senti venir. Après avoir dépassé une crique où le sable était hérissé de gros rochers noirs aux formes menaçantes, Pierre s'était immobilisé sur le sentier au milieu des herbes hautes. Il s'était retourné pour barrer la route à Igor et l'embrasser. Surpris et ému comme un adolescent, il s'était laissé glisser entre les bras que Pierre lui tendait. Au matin de leur première nuit d'amour, Igor avait voulu que Pierre plonge avec lui. Il l'avait emmené aussi profond qu'il pouvait le faire avec un débutant et, muni d'un projecteur puissant, il avait éclairé la partie du site qui affleurait sur le fond.

Lorsqu'il repense à sa rencontre avec Pierre, c'est toujours cette image qui s'impose à lui. Il nage avec l'homme qui, quelques heures auparavant, était nu entre ses bras. Leurs corps prisonniers d'une combinaison se font face. Igor allume le projecteur et l'oriente. A travers le masque, il distingue l'émotion de Pierre qui, jusqu'à présent, n'a vu ces images qu'en vidéo. Ils sont seuls, l'équipe les attend à la surface, cet instant pourrait durer une éternité.

Le studio 168 est juste devant les ascenseurs. Pierre a regardé deux fois sa montre pendant qu'ils montaient au sixième étage. A l'intérieur, les invités sont déjà installés autour de la table. Igor serre discrètement le bras de Pierre pour l'encourager et il s'éclipse vers les fauteuils réservés au public. De sa place, il embrasse d'un seul regard l'ensemble du studio. Pierre serre la main à tout le monde. Il se casse pratiquement en deux comme un officier allemand pour présenter ses civilités au vieux monsieur qu'Igor identifie comme l'honorable professeur d'université qui supervise sa thèse.

En s'asseyant, Pierre fait tomber le micro de sa perche. En cabine, les techniciens lèvent les bras au ciel. Heureusement, il tourne le dos à la vitre, il ne peut pas les voir. La femme qui est assise à sa droite part d'un rire cristallin et l'aide à remettre le micro en place. Ce rire intrigue Igor, on dirait un rire d'enfant. La femme porte sur son visage les marques de son âge mais lorsqu'elle rit le temps fait un bond de cinquante ans en arrière. Ses gestes brusques évoquent les travaux ménagers. Elle a décidé une fois pour toutes de ne pas se laisser impressionner par la technique. Pour Igor, c'est un détail très familier, il a l'impression de se voir aux prises avec un détendeur capricieux. Contre l'avis de tout le monde, il s'acharne et chacun sait qu'il vaut mieux éviter de lui parler tant qu'il n'en est pas venu à bout.

L'animateur se tourne vers la cabine, on lui fait signe et le voyant rouge s'allume. Igor fait un clin d'œil à Pierre et l'émission commence.

"En 1957, Mathilde Klain, archéologue française, finit d'explorer la partie nord-ouest d'un site archéologique très important en Syrie. Elle découvre une statue d'une beauté exceptionnelle. Son état de conservation laisse penser qu'elle a été volontairement ensevelie avant la destruction du sanctuaire où elle était érigée. Son étude sommaire permet de déterminer qu'il s'agit sans doute d'une divinité des eaux mais sa facture et les symboles qui composent l'ornement ne rappellent en rien les découvertes déjà effectuées dans la région. Elles laissent supposer une occupation de ce site bien plus ancienne que celle couramment admise. Les inscriptions mystérieuses qui couvrent la base de la statue intéressent tout particulièrement l'archéologue. Elle se bat quelques mois pour obtenir l'autorisation de transporter la statue en France afin de la présenter dans le cadre d'une grande exposition consacrée à la Mésopotamie. Les autorités syriennes acceptent que la statue soit prêtée à la France à la condition que ce voyage soit assorti d'un travail en laboratoire pour tenter de la dater précisément. Mathilde Klain organise alors le transport mais son pays ne lui alloue qu'un budget ridicule pour cette opération. Nous sommes en pleine guerre d'Algérie et le ministère de l'Education nationale dont dépend l'archéologue a les yeux braqués sur l'Afrique du Nord, se demandant quand ils devront rapatrier le corps professoral. La statue traverse le désert en camion pour rejoindre Lattaquié. Là, pendant plusieurs jours, Mathilde Klain cherche un bateau. Finalement, un armateur accepte d'embarquer la statue à bord du *Naxos* et Mathilde lui confie innocemment sa précieuse découverte. Ce qu'elle ignore, c'est que la cale du navire sert aussi à transporter des armes. Le lendemain, selon la thèse officielle, l'embarcation subit une grave avarie et, faute de secours, il coule au large de Chypre. Sur le port de Marseille, Mathilde Klain attend la statue qui n'arrivera jamais. Dans les mois qui suivent, elle tente d'organiser le sauvetage de la statue mais elle se heurte à de violents refus. La situation en Algérie a encore empiré, le gouvernement français ne veut rien entendre. Les années passent, Mathilde travaille sur ses notes et ses relevés. Mais ses croquis ne suffisent pas à authentifier sa découverte. Le milieu scientifique et universitaire condamne la légèreté dont elle a fait preuve dans cette affaire. La mort dans l'âme, Mathilde abandonne les antiquités mésopotamiennes, son domaine de prédilection, pour rejoindre dans le sud de la France une équipe qui travaille sur la colonisation romaine. Près de quarante années plus tard, Pierre Louzey, un jeune archéologue qui vient de se spécialiser dans les antiquités mésopotamiennes, retrouve la trace de la statue. Il organise une expédition internationale pour l'extraire de l'épave, ouvrant ainsi la voie à de nouvelles pistes de recherches."

Mathilde prend la parole. Contrairement à ce qui lui a été demandé par l'animateur, elle n'a pas envie de s'étendre sur le passé. Il a résumé ce qu'il y avait à savoir sur les péripéties de la statue. Ce qui compte aujourd'hui, c'est le travail de Pierre.

"L'homme qui est assis à ma gauche est quelqu'un de formidable. D'abord, moi, un archéologue qui s'appelle Pierre, ça me plaît, je trouve que ça commence bien."

Le vieux professeur ne bronche pas. L'humour de Mathilde ne l'atteint pas. Pierre est rose de bonheur, Mathilde rit avec lui, heureuse de leur complicité.

"Imaginez, depuis toutes ces années, ma découverte ne servait à personne, et grâce à lui, des travaux vont pouvoir reprendre. C'est simple, depuis que cet homme m'a téléphoné, j'ai l'impression d'exister à nouveau ! Je suis fascinée par ses intuitions, tout ce qu'il avait imaginé sans voir la statue semble se confirmer maintenant qu'elle est revenue au grand jour pour nous livrer ses secrets.

— Madame, je ne peux pas vous laisser dire qu'il s'agit d'intuition... Pendant toutes ces années, les recherches ont continué sans vous. Je ne reviendrai pas sur votre légèreté qui demeure stupéfiante pour quelqu'un qui se réclame d'une démarche scientifique mais statue ou pas, Pierre Louzey a bénéficié de plus de trente ans de travail et de découvertes dans le domaine des antiquités mésopotamiennes.

— Vous avez été parmi les premiers à m'enfoncer il y a quarante ans et aujourd'hui, votre discours n'a pas évolué d'une virgule. Moi, pendant ce temps-là, j'ai vécu, j'ai fait des rencontres, j'ai tenté de suivre les mouvements du monde qui m'entoure. Je n'ai aucun regret. Pour rien au monde je n'aurais voulu de votre fauteuil de potentat universitaire. Je suis allergique à la poussière et je n'aime pas les toiles d'araignées."

Le vieil universitaire recule sa chaise pour se trouver hors de portée du micro. Il ne quitte pas la table mais, apparemment, il ne participera plus au débat. Le présentateur hésite un instant puis, croisant le regard hilare de Mathilde, il prend le parti d'en rire. Pierre finit par se détendre. La gêne disparaît de son visage, il parvient à sourire.

"Je voudrais dire que Mathilde Klain a beaucoup facilité notre travail en m'ouvrant généreusement ses archives. Grâce à son journal de bord et à sa description du bateau, nos recherches ont abouti plus vite.

— A ma grande surprise, je me souvenais de tous les détails, ce qui est plutôt encourageant à mon âge… Je suis restée sur le quai un bon moment à regarder s'éloigner le bateau, c'était très émouvant… Au risque de passer pour une idiote, je vais vous dire à quoi je pensais à ce moment-là. J'espérais pouvoir entraîner mon père à l'exposition pour lui monter ce que j'avais découvert… Vous savez comment je l'appelais, cette statue ? Elle avait un surnom… Pendant la campagne de fouilles où je l'ai exhumée, ma fille était avec moi. Elle était toute petite, le soir je lui lisais les aventures de Babar… Quand je l'ai emmenée voir la statue, elle l'a immédiatement baptisée Polomoche comme le monstre qui transforme les animaux en cailloux dans *Les Vacances de Zéphir.* En regardant le *Naxos* quitter le port de Lattaquié, je pensais que mon père allait rencontrer Polomoche, qu'il aurait enfin sous les yeux la preuve que mon travail n'était pas que du vent."

Igor est stupéfait d'entendre dans la bouche de Mathilde le titre du livre qui ne l'a jamais quitté depuis que son père le lui a offert pour ses cinq ans. Lorsqu'il était en pension, il avait largement passé l'âge de ce genre d'histoires et il l'avait caché au fond de son casier sous son classeur de sciences naturelles pour que ses copains ne le trouvent pas. Parfois, quand il se sentait particulièrement seul, il le relisait. Il connaissait le texte par cœur et dès qu'il posait les yeux sur ces images familières, il replongeait dans un monde où tout finissait toujours par s'arranger. Avec les années, Igor l'a ouvert de moins en moins souvent mais le livre continue de l'accompagner comme un fétiche.

Igor se souvient, qu'il avait pensé à Mathilde Klain, au moment où il s'était glissé, seul, à l'intérieur de l'épave. Il lui avait fallu un moment pour accéder à la partie de la cale où la statue était couchée. Elle reposait sur le flanc, entortillée dans un réseau de câbles et de chaînes. Les coraux empêchaient de distinguer nettement les formes et Igor devait se concentrer sur les morceaux de l'épave qu'il fallait découper pour pouvoir extraire la statue sans l'abîmer. Mais, face à la divinité couchée il avait eu une pensée pour l'archéologue qui l'avait découverte. Pierre lui avait parlé d'elle mais il ne l'avait jamais décrite avec précision. Igor avait imaginé une vieille femme courbée en deux, une sorte d'aristocrate un peu sénile mais très douce. A cet instant, seul dans le silence vaguement menaçant de l'épave rouillée, il avait eu l'intuition qu'il existait un lien privilégié entre lui et la vieille archéologue. Elle avait été la dernière à voir la statue avant qu'elle soit mise en caisse. Il était le premier à la redécouvrir. Mais Igor était loin d'imaginer qu'ils puissent avoir des points communs.

"Vous savez, Pierre Louzey a été formidable. Il m'a proposé de venir plonger avec l'équipe ou au moins d'assister à l'immersion de la statue mais je n'ai pas voulu y aller. Je crois que j'ai eu peur de me retrouver face à elle après toutes ces années. J'aurais ennuyé tout le monde avec mes émotions pleurnichardes de vieille dame... Alors quelques jours plus tard, Pierre Louzey m'a fait venir dans le hangar où ils l'avaient entreposée avant sa dessalinisation en laboratoire. Il m'a conduite jusqu'à la porte et, avec la délicatesse qui le caractérise, il m'a laissée seule avec elle. La pièce était sombre, j'ai d'abord distingué la masse sombre que j'ai immédiatement reconnue. Je retrouvais intacte l'émotion que j'avais eue quarante ans plus tôt en la voyant se dessiner progressivement dans la terre que je déblayais. La surface était brouillée par une gangue de coraux mais les traits du visage hiératique se laissaient encore deviner. J'étais seule, j'ai pu pleurer autant que je voulais."

Igor est sous le charme. C'est d'abord la façon dont Mathilde mettait sans cesse Pierre en valeur qui l'a touché. Il l'a vu se détendre à vue d'œil dès qu'elle a commencé à parler. Elle déploie des trésors de gentillesse sans jamais devenir condescendante. Mathilde dégage une jeunesse et une fraîcheur qu'Igor a déjà l'impression d'avoir perdues. Il est fasciné par sa liberté et son indépendance d'esprit. A aucun moment elle ne cherche à passer pour une dame respectable. Elle a mouché le vieux avec l'aisance tranquille de quelqu'un qui estime n'avoir plus rien à perdre. On dirait que toute son énergie et sa gaieté lui servent à surmonter un immense sentiment de perte. C'est sans doute ce désespoir sous-jacent qui la rend si proche de lui.

L'émission se termine et le vieux professeur serre rapidement la main de Pierre avant de disparaître. Mathilde rit encore de ses éclats et Pierre l'entraîne vers le fauteuil où Igor est toujours assis.

"Je voudrais vous présenter Igor, mon ami… Je vous ai souvent parlé de lui. Nous travaillons ensemble et c'est grâce à lui que nous avons pu mener à bien l'expédition. Igor est plongeur, c'est lui qui a pénétré le premier dans l'épave où Polomoche nous avait sagement attendus toutes ces années."

Mathilde et Igor se serrent longuement la main. Leurs regards se croisent et déjà, ils n'écoutent plus Pierre. Pour le moment, le silence leur convient parfaitement. Ils se sont reconnus, les mots viendront plus tard. Ils ont tant de choses à se dire qu'il vaut mieux prendre son temps.

"Comme je suis heureuse de vous voir."

Mathilde a prononcé cette phrase dans un souffle, comme soulagée qu'Igor soit enfin là. Il s'est écoulé beaucoup de temps depuis leur dernière rencontre. Juste après l'émission de radio, Mathilde a invité Pierre et Igor à déjeuner. C'était une fin de matinée d'automne ensoleillée. Avant de passer à table, ils avaient bu du porto sur la terrasse. Depuis, le froid est tombé sur Paris.

A peine Igor a-t-il appuyé sur la sonnette que la porte s'est ouverte, laissant apparaître le visage lumineux de Mathilde et ses yeux farceurs.

Igor tient derrière son dos un bouquet dont la cellophane gémit doucement. Il le brandit fièrement devant lui, cachant son visage derrière les pavots multicolores. Il entre, accroche son blouson au portemanteau et se dirige vers le salon comme s'il était chez lui. Rien n'a changé depuis sa dernière visite.

"Igor, soyez gentil, allez chercher un vase sur le haut du meuble dans la salle de bains."

Au fond du salon, Igor ouvre la porte qui mène à la chambre et à la salle de bains de Mathilde. Il se demande d'ailleurs comment il connaît le chemin. Lorsqu'ils sont venus, Mathilde ne leur a pas fait visiter l'appartement. Le déjeuner avec Pierre était chaleureux mais ils avaient surtout parlé d'archéologie. Bien sûr, Igor avait raconté son entrée dans l'épave, l'émotion qu'il avait eue à découvrir la statue couchée dans la cale. Mais ce déjeuner n'avait pas le caractère intime qu'Igor a décidé de donner à cette deuxième invitation. Ce jour-là, en allant aux toilettes, il avait juste aperçu dans la pièce du fond un lit défait et il avait pensé que c'était celui de Mathilde.

Au milieu d'une collection de vases de toutes les formes, Igor en choisit un en verre bleu avec un pied. Mathilde lui a dit de le remplir au robinet de la baignoire. Igor prend son temps, il regarde sur la coiffeuse les poudres de riz et les tubes de pommade, les flacons de parfum, les brosses et les épingles à cheveux. Il a le sentiment d'entrer dans l'intimité de Mathilde sans y avoir été invité mais il n'en ressent aucune gêne. Ces pots et ces tubes témoignent d'un soin et d'un raffinement très touchants. Mathilde n'a pas abdiqué. Son visage porte les marques du temps mais elle continue à prendre soin d'elle.

Au salon, Igor s'agenouille sur le tapis à poils blancs pour défaire le paquet et disposer les fleurs dans le vase. “C'est pour votre grand-mère ?” lui a demandé le fleuriste. Igor n'a pas bien compris le sens de sa question mais il a finalement aperçu le rouleau d'étiquettes autocollantes portant l'inscription “Fête des grands-mères” et il a été le premier étonné par la vigueur de son ton lorsqu'il a répondu : “Non, non, ce n'est pas pour ma grand-mère. Pas du tout.” Avec une moue déçue, l'homme a décollé l'étiquette de la cellophane et l'a jetée sous le comptoir avec les débris de tiges et de feuilles.

Mathilde s'est installée dans le canapé. Elle a le dos calé par des coussins de toutes les couleurs et autour d'elle sont étalés des livres, des revues, plusieurs paires de lunettes, une boîte contenant des cigarettes. Igor s'assied dans un fauteuil face à elle. Ses yeux se posent sur une bouteille de whisky, un saladier de glaçons et des verres posés au hasard sur la table basse au milieu d'un fouillis d'objets. Entre un chameau aux poils mités, des miniatures en plastique de couleur et des liasses de fiches de cuisine mi-découpées mi-déchirées dans des magazines, Igor remarque une statuette antique qui détonne par sa grâce au milieu de ce bric-à-brac.

"Vous vous servez... Moi, j'ai pris un peu d'avance. Vos fleurs sont éblouissantes de beauté. Vous savez les choisir et en plus, vous avez l'art et la manière d'arranger un bouquet dans un vase. Trinquons à vos talents multiples. Je n'ai jamais rencontré un homme qui ait autant de cordes à son arc. Il faut dire que je suis mariée à un homme qui ne sait rien faire, sorti de ses romans. C'est un grand écrivain, je suis la première à le reconnaître mais, dans une cuisine, ça ne suffit pas forcément. Vous serez de service tout à l'heure. Maintenant que je sais que vous coupez le poulet... Quand un homme tombe sur vous, il ne veut plus vous lâcher, c'est normal. Lorsque vous êtes venus déjeuner, ça m'a plu le regard très tendre que Pierre posait sur vous quand vous avez pris le couteau pour découper le rosbif. Il est très amoureux de vous, ça se voit."

Igor boit une gorgée. Une douce sensation de paix l'envahit. Quand il est entré dans l'immeuble, il se demandait à quoi ressembleraient les retrouvailles avec Mathilde. Depuis leur déjeuner de septembre, il ne l'avait pas vue mais il lui avait écrit.

En octobre, Igor était parti sur un chantier en mer du Nord. L'équipe devait préparer le gros œuvre sous-marin pour l'installation d'une plate-forme de forage. Il ne pouvait pas refuser ce travail mais les six semaines de chantier lui avaient semblé interminables. Là-bas, Igor avait réalisé qu'il ne voulait plus plonger pour plonger et que, désormais, le temps qu'il passait sous l'eau devait être justifié par la recherche de traces du passé.

Il avait téléphoné à Pierre pour le lui dire et deux jours plus tard il avait reçu une longue lettre, très belle, où il lui reparlait de leur rencontre et de la mort de ses parents. Igor avait été ému par ce que Pierre lui écrivait mais la lettre l'avait vaguement inquiété. Il n'avait pu s'empêcher de se demander quel serait un jour le prix de cet amour immense que Pierre exprimait. Et comme toujours, il avait craint que sa liberté s'en trouve menacée.

Dans ce moment de doute, Igor revoyait la terrasse de Mathilde. Ce carré entouré de balustrades de ciment peintes en blanc lui apparaissait comme un point d'ancrage. Noyé dans le brouillard de la mer du Nord, il repensait au déjeuner de septembre avec nostalgie. S'il n'y avait eu une vue plongeante sur les toits de Paris, on aurait pu se croire en Afrique du Nord. Ils étaient tous les trois perdus dans le ciel, hors du temps, et Igor n'avait peur de rien.

Alors Igor a écrit à Mathilde une carte postale pudique où il lui donnait de ses nouvelles et lui disait qu'il espérait la revoir à son retour. La semaine suivante, il a reçu sur le chantier une lettre de Mathilde. Elle était arrivée à l'adresse de Pierre et il l'avait fait suivre. La réponse de Mathilde n'était pas laconique comme la carte qu'il lui avait envoyée. Cette façon de parler d'elle sans détour, comme s'il existait déjà entre eux une grande intimité, lui a plu et il a regretté de ne pas avoir osé se livrer un peu plus par écrit. Elle lui expliquait qu'elle traversait une période difficile, la maladie de son cousin l'affectait énormément.

Igor se souvient parfaitement de la formule finale de Mathilde. *"Vous aurez du mal à me joindre car Vincent est sorti de l'hôpital et je passe tous mes après-midi chez lui. C'est moi qui vous appellerai à votre retour et vous viendrez dîner."* Comme ils se vouvoyaient, il n'était pas possible de savoir si l'invitation s'adressait à lui seul ou si elle comptait sur la présence de Pierre. Mais Igor a décidé que cette soirée lui était réservée et il a résolu la question de façon autoritaire. Un matin, Pierre est parti de bonne heure donner ses cours à la fac et Igor est resté dormir dans son lit. Le téléphone a sonné et Igor a vite compris que Pierre avait oublié de brancher le répondeur. Comme le correspondant ne se décourageait pas, Igor s'est levé pour décrocher. C'était Mathilde qui voulait les inviter à dîner. Igor a réfléchi quelques secondes pour trouver une date à laquelle Pierre ne serait pas libre et jusqu'à ce matin, il a soigneusement oublié de mentionner l'invitation. Au petit déjeuner, il s'est livré à un exercice de mauvaise foi préméditée. "Tu te souviens que nous dînons chez Mathilde ce soir ?", prétendant qu'il le lui avait dit et qu'il n'avait pas écouté. Pierre a donc téléphoné pour s'excuser.

Tout à l'heure, lorsque la porte s'est ouverte et que le visage radieux de Mathilde est apparu,

Igor s'est dit qu'il avait eu raison de mentir. Il laisse couler l'alcool dans sa gorge, Mathilde est face à lui, elle lui sourit.

"C'est drôle, quand je suis venu déjeuner chez vous, je m'attendais à trouver des fragments d'antiquités partout… Il n'y a que cette statuette sur la table.

— Je vous rassure tout de suite, elle est fausse. Une règle d'or, les cailloux appartiennent à la terre qui les a protégés. J'ai appris ça en Indochine avec mon petit curé franciscain. J'avais treize ans, je n'ai jamais oublié… Vous savez, en 1957, si j'avais voulu, j'aurais pu charger la statue sur un bateau sans qu'on me demande quoi que ce soit… Je l'avais calfeutrée dans une caisse en bois. Sur le quai au milieu des autres marchandises, elle passait inaperçue. Si j'avais eu moins de morale, j'aurais peut-être eu moins d'emmerdements… On ne se refait pas. Ici, vous ne trouverez que des croquis ou des photos. C'est amusant que vous ayez remarqué cette statuette… C'est une réplique en miniature du portrait de l'impératrice Sabine. Pendant toutes ces années elle ne m'a jamais quittée. C'est la sœur jumelle de ma Polomoche. Elle a été trouvée à Carthage à la fin du siècle dernier. Evariste Pricot de Sainte-Marie, ça ne vous dit rien ? On ne vous a jamais raconté cette histoire ? A l'époque, on n'avait aucun scrupule, la France avait décidé que la statue revenait de droit au Louvre… On l'a donc chargée sur un bateau militaire. Malheureusement, arrivé en rade de Toulon, le bateau prend feu et les barils de poudre qu'il contient le font exploser. Les fragments de la statue sont dispersés. Des scaphandriers retrouvent des morceaux du corps mais le visage semble perdu à tout jamais. Vous me voyez venir ?... Il y a deux ans une équipe d'archéologues a repris des fouilles et ils ont retrouvé le visage de la statue. Vous comprenez pourquoi Sabine est toujours restée près de moi ?"

Une sonnerie retentit du côté de la cuisine et Mathilde se lève d'un bond.

"C'est mon minuteur... c'est le moment de retourner le poulet."

Mathilde trotte jusqu'à la cuisine en faisant claquer les talons de ses mules sur le parquet. Elle porte une djellaba en peluche blanche à grands motifs noirs comme le pelage d'une vache.

"Que pensez-vous de ma tenue de vache folle ? Ça me va bien, non ? J'ai choisi le tissu rue de Steinkerque et je l'ai fait tailler à Barbès..."

Ses fesses sont haut perchées en bas de son dos et le tissu est resté coincé dessus. On dirait qu'elle porte une robe à faux cul. Lorsqu'elle est passée devant lui, Igor a aperçu par l'ouverture latérale de la djellaba, la peau nue de Mathilde en haut de sa cuisse. Il en est quasiment certain, elle ne porte pas de culotte.

Igor reste seul. Il sent le froid des glaçons dans la paume de sa main. Avec quelqu'un d'autre, le détail de la nudité l'aurait sûrement troublé. Un jour, à la piscine, dans les vestiaires collectifs, il avait repéré un homme qui remettait son jean sans slip. Il l'avait suivi dans la rue un moment avant de perdre sa trace. Pendant plusieurs jours il avait pensé à cet homme et ses fesses nues sous la toile de son jean revenaient comme une obsession. Mais aujourd'hui chez Mathilde ce détail est seulement touchant. Sa peau brillante de vieille dame recèle un charme innocent. Mathilde a l'habitude de ne pas porter de culotte quand elle est chez elle en djellaba, c'est une marque de plus de sa liberté et de sa jeunesse d'esprit. Igor vide son verre et la rejoint à la cuisine.

"Vous ne pouvez pas savoir comme je suis heureuse que vous soyez dans ma cuisine. Il y a la sauce de salade à faire. Vous voulez bien ? Oh, redonnez-moi un petit baiser, je suis tellement contente de vous connaître."

Mathilde s'approche d'Igor, elle se dresse sur la pointe des pieds et tend sa joue. Igor pose ses lèvres sur la peau douce et ridée. Il retrouve l'odeur poudrée de sa peau mêlée à la base musquée de son parfum. Pour effacer sa gêne, il rend son baiser plus sonore que nécessaire, il prend Mathilde par les épaules et embrasse bien vite sa deuxième joue pour donner un caractère plus innocent à cette accolade. Il lui revient tout à coup la façon dont son père l'embrassait. Il prenait son fils à bras-le-corps, le serrait contre lui en une seule pression et frottait ses joues contre les siennes. Igor sent qu'il y a quelque chose de son père dans le mouvement de ses bras. Il se dit, ça y est, j'embrasse comme lui et il perçoit déjà le chemin qui le conduira à une sorte de mimétisme posthume. Oui, pense-t-il en attrapant un saladier sur l'étagère, il ne sera pas là pour le voir.

Igor a mis une chemise en lin bleu pâle pour venir dîner chez Mathilde. Il suffit généralement qu'il sorte un vêtement propre et repassé de son placard pour qu'il y fasse immédiatement une tache de gras.

"Est-ce que vous auriez un tablier pour me protéger ? Je suis maladroit.

— J'ai sûrement ça quelque part."

Mathilde fouille fébrilement les tiroirs d'une commode les uns après les autres. Elle sort des torchons et des serviettes sans trouver ce qu'elle cherche. Finalement, elle brandit une sorte de chiffon rose d'où pendent des cordelettes et le tend à Igor. Il le déplie et l'enfile. Sur son ventre, s'étale une inscription décolorée par de nombreux lavages : *Aux bons amis la bonne cuisine.* Mathilde lui fait face avec un gros appareil photo reflex accroché à son cou.

"Ne bougez pas. Je dois immortaliser cet instant. Ça fait dix ans que je n'ai pas sorti ce tablier de son tiroir. Pour tout vous dire, vous êtes le premier homme dans ma vie à le porter !"

Igor regarde l'objectif bien en face et il sourit en essayant d'avoir l'air naturel. Il voudrait que cette photo soit réussie. Il découpe méticuleusement le poulet, décroche les cuisses en tranchant l'articulation d'un geste précis et les pose dans le jus au milieu des pommes de terre chaudes. Mathilde l'observe, émerveillée. Régulièrement, elle appuie sur le déclencheur.

"Poulet à ma façon. C'est facile, il suffit de lui bourrer le cul avec du thym et des citrons. J'en ai gavé Vincent pendant des années. C'est votre tour, maintenant… Mais lui, il ne savait pas le découper. On progresse."

Mathilde prend le plat et ils passent à table. Elle ne laisse pas Igor se servir, elle remplit généreusement son assiette.

"Alors, la mer du Nord, c'était l'enfer ? C'est rude de dormir seul l'hiver quand on a un jeune corps plein de sève…"

Sa dernière phrase reste suspendue un instant et Mathilde éclate d'un rire joyeux et juvénile. Elle semble particulièrement contente de sa sortie.

"Je dis ça mais je me suis souvent retrouvée seule l'hiver. C'est drôle, ce n'est jamais moi qui suis partie. Les hommes m'ont toujours laissée sur le bord du chemin comme une mendiante."

De nouveau, Mathilde part d'un rire aigu en levant son verre en direction d'Igor. Tout à l'heure, elle a brièvement expliqué à Igor comment était organisée sa vie avec son mari et il se demande comment elle trouve la force de rire encore de sa solitude. Il imagine qu'au moment où il dîne avec Mathilde, Paul doit s'occuper de son autre femme. A l'heure qu'il est, il a déjà dû la faire manger. Peut-être lui fait-il la lecture en espérant qu'elle s'endorme rapidement. Les calmants du soir sont sans doute dosés plus fort. Mais avec les années, le corps s'habitue, les médicaments perdent de leur efficacité.

"Vous ne trouvez pas que j'aurais dû écrire des romans à l'eau de rose ? J'ai le sens de la formule. Depuis que je suis toute petite j'adore faire des phrases. Ma grand-mère disait que j'étais une pipelette… J'ai beaucoup trop parlé avec les hommes, je les ai toujours emmerdés avec mes bavardages. Vous, c'est différent, vous n'êtes pas bavard mais je sens que je peux vous raconter mes histoires sans vous ennuyer. Ça se voit dans vos yeux."

Igor sourit en baissant le regard. Il avale une bouchée de poulet. Mathilde a raison, il pourrait rester des heures à l'écouter sans s'ennuyer et pourtant, chez n'importe qui d'autre, sa façon d'exprimer son affection sans détour l'aurait fait fuir. Est-ce parce que son corps rencontre exclusivement celui des hommes que ses relations avec Mathilde sont si simples ? Elle va droit à l'essentiel et Igor la suit les yeux fermés. Etrangement, c'est sans doute sa façon de tout nommer pour deux qui le met en confiance. Il a le sentiment qu'elle lui offre les mots qui lui ont longtemps manqué. A son contact, en répondant à ses questions, il se rend compte que, malgré son jeune âge, il a déjà une histoire, des choses à raconter, et qu'il n'avait encore jamais rencontré quelqu'un qui ne songe pas à s'excuser lorsqu'il dit que ses parents sont morts. Comme tout le monde elle lui a demandé où ils habitaient, comme toujours il a répondu qu'ils étaient morts accidentellement, tous les deux ensemble, et elle a seulement répondu : "Moi aussi, j'ai perdu mes parents, mais à mon âge, c'est plus normal qu'au vôtre." Et, du coup, pour la première fois depuis leur mort, Igor a eu envie de parler d'eux.

"Vous savez, avec vous, je parle beaucoup plus que d'habitude.

— Heureusement que je m'étais juré de ne plus m'attacher à personne... Je criais haut et fort que je ne voulais plus faire de rencontres. Et voilà, vous avez déboulé dans ma vie comme une tornade. On peut dire que vous tombez bien parce que, avec la maladie de Vincent, ce n'est pas la joie..."

La voix de Mathilde se voile, ses yeux sont humides. Elle se mord les lèvres, inspire fort par la bouche et sourit en serrant les dents.

"La vache, c'est dur de savoir que chaque jour Vincent nous quitte un peu plus."

Il y a un silence que personne ne cherche à remplir à tout prix. L'émotion reste suspendue un instant et prend sa juste valeur. Igor constate qu'il ne ressent aucune gêne. La peine de Mathilde le touche mais il parvient à rester souriant, certain que son rôle à lui est d'être du côté de la vie et de retenir Mathilde sur sa rive.

Elle se lève pour mettre de la musique, Igor la suit. Le jeune et joli vendeur de la FNAC lui a conseillé cet enregistrement de la cantate BWV 82 de Bach. Igor a déjà remarqué plusieurs fois dans la soirée qu'elle aimait bien faire valoir sa popularité auprès des vendeurs, des serveurs et des chauffeurs de taxi. Il s'imagine un instant vendeur de disques et la voyant débarquer dans le magasin. Il la trouverait irrésistible et il serait aux petits soins pour elle. La voix de René Jacobs est étrangement aiguë et irréelle. *Ich habe genug*. Mathilde ne dit plus un mot.

Lorsque la musique s'arrête, la pièce se trouve plongée dans un silence lent et profond, cotonneux. Leurs regards se tournent au même moment vers la fenêtre. De gros flocons de neige glissent le long des vitres. Igor se lève d'un bond pour aller voir dehors. Il doit neiger depuis un bout de temps et ils ne s'en sont pas aperçus, accaparés par leur conversation. La terrasse est recouverte d'une couche blanche, épaisse et régulière. Il doit déjà y avoir cinq centimètres. Igor ouvre la porte-fenêtre et sort sur la terrasse. Les toits de Paris sont blancs, on n'entend plus un moteur, plus un klaxon. Il se retourne, Mathilde est face à lui sur la marche du salon avec son appareil photo. La lumière du flash court un bref instant sur le décor tout blanc. Igor est ébloui, il sourit. Mathilde appuie encore sur le déclencheur.

"Vous ne trouverez pas de taxi. Ils n'arrivent déjà plus à remonter la rue.

— Je peux rentrer à pied.

— Vous rentrez dans le cinquième ?

— Non, je rentre chez moi dans le dix-neuvième.

— Mais je pensais que vous viviez avec Pierre…

— Je suis souvent chez lui mais je ne veux pas m'y installer complètement. J'ai gardé l'appartement de ma mère. C'est celui qu'elle avait loué en arrivant à Paris quand elle était étudiante. Ensuite, elle s'est toujours débrouillée pour le sous-louer à des copains, elle n'a jamais voulu le rendre. A sa mort j'ai pu reprendre le bail à mon nom. J'aime beaucoup cet endroit. C'est petit mais les fenêtres donnent sur le bassin de la Villette.

— Mais enfin, vous êtes fou, vous n'allez pas rentrer à pied jusque là-bas ! Vous voyez où nous sommes. Le toit, là-bas, tout près, c'est l'église Saint-Eustache. Vous en avez pour plus d'une heure. Vous allez attraper une pneumonie. Ecoutez, il y a un lit dans le bureau de Paul. Il vous tend les bras. Les draps sont propres. Je ne vous réveillerai pas à l'aube, c'est promis, je ne ferai pas de bruit… Restez, c'est trop bête de partir maintenant.

— C'est vrai, personne ne m'attend."

Igor referme la porte-fenêtre. Mathilde met un disque de Piaf.

"Rien ne nous presse. Resservez-vous un petit verre. Après, je vous laisserai dormir."

Les rayons du soleil traversent les volets fermés en dessinant un motif rayé sur le parquet. Il est déjà midi. Comme tous les matins, Igor a été réveillé par des bruits de théière à cinq heures puis il s'est rendormi. Il se sent bien dans le bureau de Paul. C'est une pièce monacale aux murs blancs. Il n'y a qu'un lit, une grande table et une petite armoire austère. Sur la table sont disposées des piles de documents et de livres, il n'y a pas d'ordinateur. Il ne l'a jamais rencontré mais son bureau laisse penser qu'ils pourraient s'entendre. En tout cas, d'après ce que lui a dit Mathilde, il a approuvé qu'Igor s'installe dans son bureau pendant la période où il ne peut pas être aux côtés de sa femme.

Pierre est parti trois semaines en Syrie et Igor l'a accompagné à l'aéroport. En général, Pierre est angoissé par les départs. Son sac est toujours trop lourd, il a peur de rater l'avion mais, une fois ses bagages enregistrés, il se détend et l'heure d'attente jusqu'à l'embarquement est plutôt agréable. Igor aime boire un verre avec lui dans l'un des cafés particulièrement laids de l'aéroport. Il a l'impression d'être nulle part, entouré de gens en transit qui, comme eux, attendent l'annonce de leur avion dans un haut-parleur.

Pierre a attendu ce moment pour évoquer l'avenir. Pendant ce voyage, il devait préparer la campagne de fouilles qui allait redémarrer. En regardant fixement le fond de son verre, il lui avait annoncé que le chantier allait durer au moins deux ans. Il n'avait rien ajouté mais Igor avait compris qu'il lui demandait s'il viendrait le retrouver en Syrie d'ici à quelques mois. Il avait senti son estomac se contracter et il avait dû faire un effort immense pour dire quelques mots. Il s'était raccroché aux bribes de langues étrangères qui provenaient des tables voisines. Tous ces mots inconnus lui permettaient d'échapper un instant à lui-même. Dans le hall glacé de l'aéroport, ses vieilles angoisses l'avaient rattrapé. Il se sentait une fois de plus déchiré entre la peur d'être abandonné et la crainte tout aussi forte que sa liberté soit étouffée. Les projets de Pierre venaient bouleverser l'équilibre de la vie qu'il avait patiemment construite avec lui. S'il restait à Paris, ce serait la fin de leur histoire, ils ne résisteraient pas à deux ans de séparation. S'il le suivait dans un pays où il ne connaissait personne, il serait obligé de reproduire le mode de vie de ses parents en Afrique. Ils s'accrocheraient l'un à l'autre pour échapper à la solitude des expatriés et Igor savait d'avance que, très vite, il n'existerait plus qu'à travers Pierre.

Faute de pouvoir répondre à la question que Pierre n'avait pas osé poser, Igor avait pris sa main pour le rassurer. Ils avaient le temps d'y penser, ils en reparleraient à son retour. Et Igor avait pensé que c'était peut-être le moment de prévenir Pierre qu'il allait s'installer quelques jours chez Mathilde. Il ne parvenait pas à comprendre pourquoi lui aussi avait attendu d'être à l'aéroport pour lui en parler. Ce n'était pourtant pas comme s'il profitait de son absence pour s'installer chez un amant. Pourquoi se sentait-il vaguement coupable de la grande intimité qui s'était imposée entre Mathilde et lui ?

Et comme un mari volage, sans qu'on lui demande rien, Igor avait donné mille détails sur cette cohabitation à venir. Le mari de Mathilde était absent pendant deux semaines, il dormirait dans son bureau… Le cousin de Mathilde était en train de mourir et elle ne sentait pas la force de rester seule chez elle à attendre toutes les nuits que le téléphone sonne… Pierre avait posé sur ses lèvres un baiser bref et discret, très tendre. Son regard était celui d'un père fier de son grand fils qui va aider son grand-père à élaguer les arbres de son jardin. Il trouvait formidable qu'Igor puisse être présent auprès de Mathilde dans ce moment difficile.

Igor remarque un rectangle blanc sous la porte du bureau de Paul et il se lève pour ramasser son courrier.

Lovely Igor,

Il est l'heure de vous réveiller, peu importe l'heure à laquelle vous trouverez ce message, la vie est trop belle pour rester au lit, surtout si l'on y dort seul.

Soirée sage hier ? Je vous ai entendu rentrer à l'heure où j'écoutais Macha Béranger. Non, mon bel ange, je ne vous espionne pas, seulement, je ne me bouche pas les oreilles lorsque j'entends la porte d'entrée de même que vous ne vous bouchez pas les oreilles quand mes mules résonnent sur le parquet à une heure où vous préféreriez rester dans vos rêves. J'ai senti votre œil noir sur mes talons l'autre jour mais rassurez-vous, je ne changerai pas mes habitudes pour vous. Peut-être que je fais du bruit avec ma bouilloire et ma théière dès le matin mais vous, vous ronflez comme un sonneur. Dont acte.

Je pars déjeuner avec une copine rive gauche. Je vole vers l'arrêt du 39 où j'espère croiser des regards amicaux. J'adore les transports en commun à cause des gens qu'on y rencontre. Hier, dans le bus, j'avais l'air tellement gaie – thanks to you – que des gamins m'ont souri.

Après déjeuner, je courrai chez Vincent. On a commencé la morphine, il ne sent presque plus rien, il dort tout le temps. C'est beau et tragique, complètement déchirant, de voir à quel point il s'accroche à la vie. Mais c'est la fin, pour de bon cette fois. Cet été, il ne viendra pas avec moi à Roscoff. Je ne sais pas si je supporterai un été en Bretagne sans lui. Peut-être m'emmènerez-vous loin de la Bretagne ? Non, mon ange, je ne vous demande rien, rassurez-vous. Je veux seulement vous dire que la joie que provoque en moi notre rencontre est la seule chose qui puisse en ce moment me distraire de l'abominable décomposition de Vincent.

Nous verrons-nous ce soir ou avez-vous d'autres projets ? Laissez-moi un mot pour me dire.

Vous avez éternué cette nuit en rentrant. Si vous êtes enrhumé il y a une réserve de mouchoirs en papier dans la commode de l'entrée. Prenez les verts, ils sont parfumés au menthol, ça dégage le nez. Prenez soin de vous. Un ami m'avait appris un folk-song qui disait : "Take good care of you 'cause you belong to me…" *Je ne vais pas vous barber avec ma passion de jeune fille mais j'aime beaucoup vous avoir près de moi. Je vous aime même lorsque vous m'agacez, par exemple quand vous avez la paupière qui tombe en fin de soirée. Je vous aime mais je vous mets tout de même en garde. Ne sombrez pas dans le conjugal. L'autre soir, vous étiez ennuyeux comme un mari. Je vous pardonne mais ne recommencez pas. Je vous en prie, pas de ça entre nous, restons sur les hauteurs.*

Il y a encore ce soleil incroyable sur Paris, où l'avez-vous acheté ? Je m'arrête, je parle comme une bande dessinée.

Debout ! Debout ! Le bonheur vous attend. Love. Mathilde.

P-S : L'idée que j'aurais pu être votre grand-mère me met plutôt de très bonne humeur. Got sei dank, *je ne le suis pas. Ç'aurait été beaucoup moins marrant.*

Lorsque Mathilde a eu peur de se retrouver seule pour affronter l'agonie de Vincent, elle a eu la délicatesse d'écrire un mot à Igor. Comme elle n'était pas face à lui, il a eu le temps de réfléchir et d'hésiter un moment. Il ne se sentait pas le droit de refuser mais il craignait que leur proximité quotidienne soit étouffante. Mais lorsqu'il lui a téléphoné pour lui dire qu'il viendrait, Mathilde l'a tout de suite rassuré : "Je vous donne une clef, vous pourrez aller et venir librement, je vous foutrai la paix. Chacun de nous doit se sentir libre, c'est le privilège de notre histoire. Liberté, liberté chérie…"

Igor enfile un tee-shirt et il sort de la chambre. Sur la table de la cuisine il découvre encore un paquet à son nom. Il le déballe, c'est la statuette de Sabine accompagnée d'un mot. *"J'ai décidé qu'elle vous revenait de droit. Elle est à vous, acceptez-la comme un cadeau tout simplement."* Il la porte jusqu'à sa table de nuit avant de faire chauffer la nouvelle cafetière. Il y a quelques jours, il a fait comprendre à Mathilde qu'il n'aimait pas tellement le café instantané. Elle a rapporté cette conversation à l'une de ses amies qui s'est aussitôt précipitée dans un bazar pour acheter une cafetière pour Igor. Il sourit en pensant qu'il quitterait dans l'instant tout homme qui achèterait exprès pour lui une cafetière au lendemain de leur première nuit. Mais il ne couchera jamais avec Mathilde, toute la différence est là. Il tient sa lettre à la main et ses yeux courent au hasard sur les lignes. Autant d'affection le flatte et lui fait plaisir. Il garde près de lui toutes les lettres que Mathilde lui a envoyées depuis leur rencontre. Serrées par un élastique, elles ne quittent jamais la poche intérieure de la sacoche qu'il trimballe partout. Parfois, il a une lettre par jour. Depuis qu'il s'est installé chez elle, le rythme s'est ralenti mais le contenu est toujours aussi fougueux. Avant-hier, il y avait ce message en P-S à la fin d'une lettre :

D'après votre date de naissance, mon Igor, c'est demain l'anniversaire de votre conception. Bénissons votre papa pour ce divin spermatozoïde. Bien entendu, j'aurais préféré que la vie me permette de le lui dire directement. Re-love. M.

Sans doute est-ce son âge qui permet à Mathilde ce genre de phrases. Igor se dit que cette histoire est sûrement pour lui l'occasion inespérée d'accepter enfin d'être aimé.

Igor ouvre la commode pour le plaisir de trouver les paquets de mouchoirs en papier à la place indiquée. Il n'est pas du tout enrhumé, mais ce message sur la lettre est comme une autorisation à ouvrir le meuble et fouiller. Il peut donc légitimement satisfaire sa curiosité. Igor trouve une cinquantaine de paquets de mouchoirs de différentes marques dans le premier tiroir. Dans le deuxième, des ampoules de toutes les formes et de toutes les puissances. Dans le troisième, des housses de coussin bien repassées, leurs fermetures Eclair intactes, vides mais prêtes à servir. Dans le dernier, Igor découvre des chemises cartonnées. Il hésite un instant et il ouvre la première. Elle contient des portraits d'homme, toujours le même, à différents âges. Il a les yeux clairs, le regard très intense, un visage d'acteur d'Hollywood. Il retourne une photo et l'écriture nerveuse de Mathilde lui confirme ce qu'il avait deviné, c'est Paul, son mari.

Igor ouvre un deuxième dossier qui ne contient que des images de lui. Il y en a beaucoup déjà. On le voit en tablier occupé à découper le poulet à la cuisine, assis dans le canapé, un verre à la main. Il y a aussi cette photo magnifique, prise le soir où il neigeait. La lumière est très étrange, on se croirait sur la lune. Sous la pile, Igor découvre une série de clichés le représentant endormi. Il doit y en avoir une dizaine, des vues d'ensemble de la chambre et des gros plans sur son visage. Ses paupières sont fermées, on dirait qu'il est mort.

Igor regarde la pendule. Mathilde ne sera pas de retour avant un moment. Il s'installe avec le paquet de photos sur le canapé. Ses différents visages sont assez flatteurs mais il semble très jeune comme si la différence d'âge entre Mathilde et lui transparaissait sur ces tirages. Sans qu'il s'en rende compte, Mathilde est entrée dans la chambre pendant son sommeil et l'a surpris. On voit que la lampe de chevet est allumée, elle projette l'ombre de la tête de lit sur le mur. Elle a dû le photographier quand il est resté bloqué par la neige, il y a presque deux mois. Igor se demande si Mathilde est de nouveau venue surprendre son sommeil depuis qu'il s'est installé chez elle. Il contemple longuement ses yeux fermés. Il ne s'est jamais vu avec les paupières closes. C'est lui le jeune homme et c'est lui le mort. Mathilde a raison, il passe trop de temps au lit.

Igor range soigneusement les photos dans l'ordre où il les a trouvées et replace la pochette dans le tiroir. En évidence sur le canapé de Mathilde, à côté de ses lunettes et de ses cigarettes, il pose un mot pour lui dire qu'il passera la soirée avec elle et il sort faire un tour.

Au square des Récollets, Igor trouve un banc au soleil. Devant lui, des enfants jouent dans le bac à sable. Deux garçons attirent son regard. Ils portent des bonnets de grosse laine, tricotés à la main, un vieux modèle très haut, sans doute l'œuvre d'une grand-mère qui ne suit pas la mode de très près. Ils doivent avoir quatre et six ans et ils se ressemblent suffisamment pour être frères. Le grand grimpe sur le portique et tend la main à son petit frère pour l'aider à monter jusqu'à la barre horizontale où il s'est assis.

Igor devait avoir huit ans. Ils passaient la journée chez des amis de leurs parents qui n'avaient pas d'enfants de leur âge. Ils avaient seulement un bébé qu'ils n'avaient pas vu parce qu'il faisait la sieste. Comme d'habitude, Laurent avait disparu après le déjeuner et Igor avait joué tout seul une partie de l'après-midi. Les conversations des adultes installés à l'autre bout du jardin lui parvenaient, inaudibles et bruyantes à la fois. Igor avait disposé des chaises face à lui sur le gazon et il jouait au chef d'orchestre. Son grand plaisir, c'était de taper régulièrement sur l'un des dossiers avec une brindille pour faire reprendre le morceau. Il était très mécontent, si les musiciens continuaient à faire autant de fausses notes, ils ne seraient jamais prêts pour le concert. Heureusement, la pianiste lui faisait des sourires. Ses cheveux étaient ramassés en chignon, ses yeux étaient magnifiques. Dans sa longue robe noire, on ne voyait qu'elle. Le chef d'orchestre savait bien qu'elle avait le béguin pour lui mais dans sa position, il ne pouvait pas se laisser aller à tomber amoureux d'une musicienne. Pourtant, c'était la seule qui ne faisait jamais de fausses notes… Le premier violon était amoureux de la pianiste et il était jaloux du chef d'orchestre. Il faisait exprès de ne pas suivre ses instructions… Excédé, le chef avait quitté la répétition.

Igor était allé rejoindre les adultes et comme il s'ennuyait avec eux, il avait décidé d'explorer la maison. Au premier étage, une porte était entrouverte et, de l'intérieur, provenait la voix de Laurent. Se demandant avec qui il pouvait bien parler, Igor s'était approché sur la pointe des pieds. En collant son œil dans l'entrebâillement de la porte, il avait vu son frère assis par terre devant le lit du bébé. Il avait pris le nourrisson dans ses bras et il le berçait en lui parlant. Igor était resté cloué sur place, émerveillé et blessé à la fois par cette image de tendresse absolue que Laurent n'avait jamais eue pour lui aussi loin que remontaient ses souvenirs. Laurent avait posé la tête du bébé au creux de son coude et il le balançait délicatement. Le bébé gazouillait, son regard planté dans celui de Laurent. Igor avait reculé sans faire de bruit, sachant parfaitement qu'il ne devait rapporter cette scène à personne sous peine de graves représailles de la part de son frère.

Igor repense à leur dernière étreinte dans les couloirs du métro. Laurent ne s'est pas déplacé pour régler la succession. Le notaire a tout fait par correspondance. Il n'a voulu récupérer aucun objet. Igor a reçu un mot lui disant : "Prends tout. Ça fait longtemps que ce ne sont plus mes souvenirs." Depuis, Igor reçoit régulièrement des cartes de changement d'adresse, toujours accompagnées des mêmes mots griffonnés à la main en marge : *Je t'embrasse.* Igor sait exactement où trouver son frère, à quel numéro de téléphone l'appeler, mais il ne s'en est jamais servi.

Quand Igor rentre, Mathilde est installée sur le canapé avec un livre. Depuis qu'elle est revenue de chez Vincent, elle tente de se concentrer sur son roman mais il ne parvient pas à la distraire de ses pensées. Seule l'image d'Igor s'encadrant dans la porte a le pouvoir de lui redonner le sourire. Igor porte à la cuisine les côtelettes d'agneau et les champignons qu'il a achetés au marché en passant. Il inspecte le réfrigérateur à la recherche d'un en-cas. Depuis le salon, Mathilde lui crie quelque chose qu'il ne comprend pas.

"Vous n'avez pas mangé… J'ai acheté du pain frais aux céréales comme vous aimez et des fromages géniaux rue de Grenelle. Il y a un camembert au calvados… le péché originel ! Faites-vous un plateau. Moi, je ne veux rien."

Mathilde pose son livre ouvert sur l'accoudoir pour marquer la page. Elle couve Igor du regard comme pour l'encourager à manger. Il mord dans le pain avec une voracité animale. La croûte craque sous ses dents et il déglutit bruyamment comme s'il n'avait rien mangé depuis deux semaines. Grâce à lui, la vie est entrée dans la maison. Mathilde est revenue de chez Vincent il y a une demi-heure à peine. Elle ne sait pas s'il l'a reconnue.

"On en est aux adieux. Il y a beaucoup de monde là-bas, tous ses amis sont présents. J'ai retrouvé des gens que je n'avais pas vus depuis dix ans. Ça ressemble à une famille, comme si Vincent avait voulu nous réunir en nous quittant."

Igor regarde Mathilde lui sourire. Bien qu'il connaisse son courage, il est impressionné par son endurance. Elle parvient à décrire l'agonie de Vincent avec précision et calme. Peut-être les mots l'aident-ils à se préparer pour cette séparation inéluctable ? La mort de ses parents l'a surpris, c'était comme un coup de massue sur la tête. L'agresseur l'a cueilli par-derrière, il n'a rien vu venir. Leur mort était un choc terrifiant, un accident imprévisible sur la ligne de son destin. Mais comment fait-on pour supporter la lente approche d'une mort annoncée ? Igor a envie de croire que Mathilde trouve dans l'expérience due à son âge des ressources dont lui ne disposerait pas. Cette idée de la sagesse qui vient avec les années et qui aiderait à faire face l'arrange. Depuis vingt-quatre heures, il recule l'échéance. Il devra bien finir par répondre à ce message qui va l'obliger à s'absenter. Igor s'accroche à l'idée que Mathilde a suffisamment de force pour rester seule mais il a quand même du mal à s'en persuader. Il porte son plateau à la cuisine et s'isole dans le bureau de Paul pour téléphoner.

Lorsque Igor ressort de la chambre et vient s'asseoir face à elle, Mathilde sent immédiatement à son air renfrogné que quelque chose ne va pas. Dans ces moments-là, il a six ans et découvre, dépité, qu'il n'y a pas de chocolat pour le goûter, ce qu'elle trouve plutôt attendrissant.

"Qu'est-ce qui se passe ? Vous avez un pépin ?

— Non, mais il faut que je reparte travailler.

— Ah ?..."

Mathilde fait un effort immense pour masquer la peur qui s'est emparée d'elle. Un frisson glacial vient de lui parcourir le dos de haut en bas. Elle imagine immédiatement les nuits seule dans l'appartement. Dans les hôpitaux, les infirmières font leur ronde vers trois heures du matin, c'est en général à cette heure-là que les moribonds passent de l'autre côté. Est-ce à cette heure-là que le téléphone sonnera ? Vincent va mourir chez lui, le médecin le lui a promis. Peut-être même qu'il mourra en plein jour. Mathilde compte rapidement le nombre de nuits qui restent avant l'arrivée de Paul. Il faut qu'elle tienne le coup, quitte à prendre des somnifères. Elle sourit à Igor.

"C'est un chantier intéressant ? Des fouilles sous-marines ?

— Non, c'est un club de plongée, en Corse. Ce sont des gens qui m'ont rendu service souvent. Quand j'avais besoin d'argent, en saison, je les appelais et ils se débrouillaient toujours pour me prendre... Ils ont organisé un stage et leur moniteur les a lâchés au dernier moment. Ils me demandent de les dépanner, je ne peux pas refuser...

— Vous savez, Igor, ce que j'aime aussi en vous, c'est votre loyauté. Vous avez raison, vous devez y aller. Vous me téléphonerez ? Ou alors, vous me donnerez un numéro où je peux vous joindre. Ne vous en faites pas, je tiendrai le coup. C'est normal que vous repartiez travailler. Vous partez quand ?

— Je vais prendre le train demain matin. Je passe par Marseille pour récupérer du matériel…

— Paul arrive à la fin de la semaine. Ça ne fait que trois nuits toute seule, ce n'est pas énorme…"

Mathilde pense à ces trois nuits qui lui paraissent d'avance des gouffres sans fond. Lorsque Igor dort chez elle, s'il lui arrive de se lever pour aller chercher un verre d'eau, elle fait tout le trajet jusqu'à la cuisine. D'habitude, elle ne fait que quelques pas pour boire au robinet de la salle de bains mais là, elle profite en passant du ronflement de jeune fauve qui traverse sa porte. En sa présence, l'idée de la mort devient presque supportable. Demain matin, Mathilde fera venir son médecin pour qu'il lui prescrive des calmants et des somnifères. En attendant, c'est presque l'heure de l'apéritif. Elle attrape la bouteille de whisky et demande à Igor d'aller chercher des glaçons.

Après dîner, Igor prépare un sac de voyage et il rejoint Mathilde au salon. Elle lui demande de choisir un disque parmi les grands classiques de leur musique : Schumann, Bach, Piaf…

"Vous voyez, nous avons déjà une histoire puisque nous pouvons dire *nos* musiques. Vous allez me manquer my darling chéri… Excusez-moi, je ne veux surtout pas être possessive."

Igor part d'un bon rire franc et sincère. Mathilde est rassurée, ses tirades de midinette ne semblent toujours pas l'effrayer. Avec l'âge, elle a fini par faire le tour de ses qualités et de ses défauts. Elle sait bien qu'elle peut être étouffante avec son affection débordante et ses déclarations intempestives. Souvent, elle se surprend à penser qu'il n'a que trente ans et elle s'étonne qu'à son âge il soit capable d'encaisser autant de marques d'attachement. Lorsqu'elle avait réalisé la place qu'Igor était en train de prendre dans sa vie, Mathilde avait décidé d'être plus maligne que d'habitude, pour pouvoir le garder, elle se sentait prête à faire des efforts, à ne pas tout dire tout de suite, à dissimuler autant qu'elle pouvait la passion qu'il déclenchait en elle. Mais au bout du compte, elle est obligée de constater que dans cette histoire, puisque Igor semble très bien supporter ses assauts juvéniles, elle se censure assez peu. C'est de cela qu'elle veut parler lorsqu'elle vante à ses amis l'aspect parfaitement égalitaire de leur relation.

Igor embrasse Mathilde avant d'aller se coucher. Il se déshabille et se glisse entre les draps. Dans l'obscurité de la chambre, les sons résonnent. Il entend Mathilde marcher dans l'appartement. Elle passe de la cuisine à la salle de bains, fait tomber un livre et se dirige vers sa chambre.

Igor perçoit maintenant des pas feutrés. Mathilde a retiré ses mules. Elle avance lentement en faisant parfois grincer une latte de parquet. Igor sent sa présence derrière la porte. Elle a dû coller son oreille à la serrure. Sans faire de bruit, il se prépare. Igor sent son cœur battre plus fort. Il attend comme dans les scènes de suspense des *Arsène Lupin* qu'il lisait en vacances chez ses parents, en Afrique. La poignée de porte bascule lentement. Mathilde apparaît avec autour du cou son appareil photo. Elle le découvre allongé sur le ventre, les bras remontés de chaque côté de la tête. Il a baissé le drap jusqu'au bas de son dos, à la naissance de ses fesses.

Igor garde les paupières closes et il s'arrange pour donner à sa respiration la régularité du sommeil. Mathilde allume et elle avance vers le lit sur la pointe des pieds. Pour s'amuser, Igor grogne légèrement comme s'il allait se réveiller. Mathilde file vers le bureau sans prendre la précaution de marcher en silence ni de cacher son appareil photo. Elle fait semblant de chercher quelque chose dans les piles de papiers de son mari. Igor prolonge ses grognements mais il les atténue jusqu'à les étouffer, comme s'il se rendormait.

La pièce est de nouveau plongée dans l'obscurité. Igor remonte le drap et se couche en chien de fusil. Mathilde ouvre l'appareil et glisse la pellicule dans son sac à main. Demain, à l'heure où Igor dormira encore, elle ira les porter à développer.

Igor entre dans la cabine téléphonique. Il sent l'angoisse lui tenailler le ventre. Il glisse sa carte dans l'appareil et compose le numéro de Mathilde. Vincent est-il encore vivant ? Paul est venu puis reparti. Mathilde est de nouveau seule. Hier, Igor était encore à Ajaccio, il l'a appelée d'un café en début de soirée. Depuis qu'il a oublié son cellulaire dans le train, les coups de fil avec Mathilde sont devenus un souci permanent. Aux dernières nouvelles, Vincent ne reconnaissait plus Mathilde, le médecin avait décidé d'augmenter les doses de morphine pour accélérer les choses. C'est une question d'heures. Igor regarde le Vieux-Port derrière lui. Dans la nuit les bateaux ressemblent à de gros chiens fatigués. La lune essaie de percer la couche nuageuse. Il y a plusieurs sonneries, Vincent doit être mort. Mathilde est à son chevet. Mais, au moment où il va raccrocher, Mathilde lui répond.

"Excusez-moi, je m'étais endormie…

— Alors ?

— Non, Vincent n'est toujours pas mort. Il s'accroche à la vie comme un damné. C'est sans doute pour cette nuit. Aujourd'hui j'ai senti qu'il était passé de l'autre côté."

La voix de Mathilde se casse un instant et elle se reprend. Igor ressent sa détresse physique comme s'il était à côté d'elle. Il imagine son corps courbé sous le choc. Elle doit être pieds nus, ses mules sont restées au pied du lit. S'il était à côté d'elle, il la prendrait dans ses bras. Igor s'appuie lourdement contre la paroi en verre de la cabine. Il essaie de trouver des mots mais ils sont tous ridicules. C'est Mathilde qui reprend la parole.

"Igor, merci, vous m'aidez beaucoup à vivre. Je sens que vous me portez à bout de bras. J'ai tellement l'habitude de porter les autres que j'en suis baba. Comment s'est passé votre voyage ?

— Bien. Je suis arrivé à Marseille cet après-midi. Je dépose le matériel au centre de plongée demain. Je règle deux ou trois choses et ensuite je rentre à Paris. Dans deux ou trois jours, je serai là.

— Vincent sera mort sûrement mais je ne sais pas quand aura lieu l'enterrement. Enfin, il veut être incinéré… Il faudra le temps que ses cousins d'Argentine arrivent. Je ne sais pas… Vincent est encore vivant.

— Mathilde, je vous appelle demain et je viens vous voir dès que j'arrive. Que faites-vous ce soir ? Vous êtes seule ?

— Ne vous en faites pas. Odile voulait que je dîne avec elle mais je n'ai pas eu le courage. Je n'ai pas envie de me montrer dans cet état. Je vais me coucher de bonne heure. Ça va aller… Igor, je vous embrasse."

Il raccroche et longe le bassin en repensant à ses vingt ans. C'était il y a dix ans. Il se demande si Marc est toujours dans le coin, s'il a encore son bar. Antoine le sait sûrement. Depuis qu'il est revenu à Marseille, il a dû recommencer à fréquenter les bars.

Finalement, Marc lui a fait beaucoup de bien, c'est en le quittant qu'il a commencé à vivre. Il a toujours le sac qu'il lui avait volé en partant. Tout à l'heure, dans la chambre d'hôtel, il l'a caché au fond de la penderie comme si, dix ans plus tard, Marc allait entrer dans la chambre pour récupérer ce trésor de guerre.

Quelques années après son arrivée à Paris, les parents d'Igor sont morts, il s'est débrouillé comme il a pu pour ne pas crever de solitude mais aujourd'hui, c'est lui qui appelle Mathilde d'une cabine sur le Vieux-Port pour la soutenir dans son interminable perte de Vincent.

Igor se retourne, les lumières de la ville sur les collines lui font face. Il était petit la première fois qu'il est venu à Marseille. Pourtant, il se souvient comme si c'était hier de l'arrivée sur la ville. La voiture avait débouché sur une immense cuvette. Sur les collines couvertes d'immeubles et de maisons, la lumière était aveuglante. Son père avait poussé une sorte de cri victorieux et ils avaient plongé vers le port. Igor monte sur une bitte d'amarrage, il a le sentiment qu'il pourrait embrasser toute la ville de ses deux bras. Il sent son corps s'élargir, gagner en densité, en épaisseur. Mathilde attend de lui qu'il soit fort comme un titan et il sera à la hauteur. La mort imminente de Vincent est l'occasion de grandir. Quelqu'un a besoin de lui, il doit répondre à cet appel. Igor se tourne vers le large. Il écarte les bras pour crier.

"Je serai là !"

Deux adolescents qui passent sur le quai se poussent du coude en le montrant du doigt. Igor les entend ricaner.

"Celui-là, il a vu la Vierge !..."

Il jette un œil à Notre-Dame-de-la-Garde et saute sur le quai. Là-haut, quelque part dans le Panier, Antoine doit l'attendre. Igor l'a appelé de Corse pour lui dire qu'il repassait par Marseille. La dernière fois qu'il l'a vu, c'était à Paris peu de temps après la mort de ses parents. Antoine était de passage entre la Grèce et les Etats-Unis. Depuis, ils se sont écrit de temps en temps et, il y a six mois, Antoine lui a envoyé sa nouvelle adresse : il était revenu s'installer à Marseille avec sa femme.

La porte s'ouvre et Antoine apparaît. Igor le retrouve tel qu'il l'a connu à dix-sept ans, capable de continuer à rire quand il fond en larmes. Antoine ouvre les bras pour qu'Igor vienne s'y blottir. Igor le serre fort contre lui et ils partent d'un long éclat de rire pour surmonter leur émotion. Au bout du couloir, une grande femme très brune apparaît. Elle regarde Igor avec un sourire amusé et distant. Antoine le prend par l'épaule.

"Pepa, je te présente enfin Igor, mon vieux copain... Et elle, Pepa, c'est aussi mon vieux copain... Ma femme, si tu préfères."

Pepa embrasse chaleureusement Igor et lui propose à boire. Antoine vient s'asseoir près d'Igor sur le canapé et Pepa s'installe dans un fauteuil. C'est elle qui lève son verre la première.

"Alors, on dira... Boire aux garçons, que c'est une chose la mieux qu'on a inventée, à l'amour, l'amitié, tout ce que donne la joie de vie !

— Au temps qui nous rapproche.

— A la vie et ses surprises."

Igor regarde autour de lui. Ça ressemble à ce qu'il imaginait, confortable, plutôt beau mais pas bourgeois. Tout le bric-à-brac entassé sur les étagères et sur le sol semble raconter leur histoire et ça n'a rien de conventionnel. Il y a beaucoup d'objets d'Amérique latine qui côtoient des horreurs en plastique typiquement yankees. Dans un coin, des bois flottés et des branchages sont entassés avec des cailloux de toutes les formes. Pepa croise le regard d'Igor.

"Antoine, il ramasse toujours tout des saloperies qu'elles lui plaisent. C'est comme ça ? Il faut dire *saloperies* ?"

Antoine se lève et fonce dans la pièce voisine. Igor interroge Pepa du regard mais elle n'a pas le temps de lui répondre, debout dans l'encadrement de la porte, Antoine cache quelque chose dans son dos.

"Tu te souviens du soir où on était entrés dans une casse de bagnoles sur les docks ?

— Evidemment. Attends, ne me dis pas que…

— Et si !"

Antoine brandit un bout de calandre chromée.

"Je l'ai toujours gardé. C'est drôle, quand j'ai rencontré Pepa, je vivais à l'hôtel, j'avais laissé toutes mes affaires chez un boy-friend à New York, je n'avais emporté qu'une petite valise en Amérique latine. Et pourtant, tu vois, ça, je ne l'avais pas laissé à New York. C'était la seule chose qui me rattachait à ma vie d'ici. Quand j'arrivais dans une chambre d'hôtel, je le posais en évidence sur la table de nuit. Quand elle est venue dans ma chambre, Pepa l'a pris dans ses mains, intriguée, alors je lui ai parlé de toi… On était au sud de l'Argentine dans un village minuscule et je lui ai raconté qu'un ami m'avait donné ce bout de ferraille le jour où j'avais quitté Marseille pour l'Amérique. Tiens, prends-le, c'est ton tour. Pour fêter nos retrouvailles… Dans dix ans, tu me le rendras.

— Tu te souviens de l'endroit où on l'a trouvé ? C'était bizarre, il n'y avait pas de grille, pas de gardien, rien du tout… C'était la nuit, je ne sais plus ce qu'on foutait là… On se promenait sur le port…

— Ça, les garçons, c'est possible d'imaginer, ça qu'est-ce que vous faisiez la nuit sur le port !

— A l'époque nous étions encore tout petits et timides, très sages, en fait…

— Tu te rends compte, aujourd'hui, une casse de vieilles américaines, il y aurait forcément un vigile avec des chiens.

— On ne pourrait plus rentrer, sauf à se faire bouffer le cul par un berger allemand."

Igor regarde Pepa s'étouffer de rire au-dessus de son verre. Il jette un regard interrogatif à Antoine qui lui sourit d'un air triomphant. Quand il a reçu sa carte annonçant son mariage, Igor a cru qu'il avait décidé de *faire une fin* comme on dit dans les romans de gare. Il s'est imaginé une situation sociale achetée aux Amériques pour venir se refaire une nouvelle vie ici. Mais, lorsque la porte s'est ouverte et qu'il a retrouvé Antoine inchangé, qu'au bout du couloir il a aperçu Pepa et l'a trouvée belle, Igor a compris qu'il s'était trompé. Ces deux-là se sont bel et bien trouvés. Mathilde dirait sûrement qu'au premier coup d'œil, on comprend qu'ils s'aiment. Igor fait un clin d'œil à Antoine, il est heureux pour lui.

Antoine se lève et quitte la pièce. Pepa en profite pour parler avec Igor. Elle voudrait savoir s'il plonge toujours. Antoine, lui, a arrêté depuis pas mal d'années. Quand elle l'a rencontré, il était déjà menuisier. Igor est frappé par le caractère intime de leur conversation. Pepa connaît plein de détails de son passé, elle semble s'intéresser sincèrement à lui. Antoine réapparaît dans un nuage de parfum avec sur les épaules un grand manteau noir.

"On sort dîner quelque part ? On y va ?"

Pepa vide son verre d'un trait et se lève. Elle prend Igor par l'épaule.

"Je fais la femme bourgeoise qu'elle accompagne ses visites jusque la porte. Passez un bon moment.

— Je pense que je ne rentrerai pas de bonne heure, je n'ai pas vu mon copain depuis longtemps.

— Sûrement je serai dans le sommeil quand tu rentres alors…"

Igor dévale quatre à quatre les escaliers en suivant son copain.

"Alors, qu'est-ce qui s'est passé depuis la dernière fois que je t'ai vu ?

— Après New York, j'ai pas mal traîné mes guêtres en Amérique latine.

— C'est là que tu es retourné en Argentine pour construire une ferme expérimentale…

— Pepa est agronome, elle est arrivée à la ferme plusieurs semaines après moi. Les bâtiments étaient déjà bien avancés. Quand elle a débarqué, j'avais une histoire avec un mec là-bas. Au moins, elle a tout de suite été au parfum. Ce qui est drôle, c'est que très vite, j'avais tout le temps besoin d'être près d'elle. Tu vois, si pendant une matinée entière nous étions chacun à un bout de la ferme en train de travailler, elle me manquait, il fallait que je la voie. Et pourtant, tu me croiras si tu veux, malgré ça, je n'avais jamais imaginé que nous deviendrions amants. Par contre, autour de moi, on l'avait senti… Mon mec n'arrêtait pas de m'emmerder, de me faire des scènes à cause d'elle. Au début, ça me faisait rire mais rapidement, c'est devenu insupportable, je l'ai planté. Plus tard, nous nous sommes embrassés. C'était fou, ça aussi… Je me souviens parfaitement, je tremblais comme si j'avais quinze, ans, comme si c'était mon premier baiser… Après, nous avons couché ensemble et tout a basculé. Je ne sais pas comment te dire… Comme un immense séisme… Il s'est vraiment passé quelque chose d'étonnant. Enfin, maintenant que tu la connais, je sais que tu as compris."

Comme il l'avait espéré, Antoine entraîne Igor dans une tournée des bars. A chaque halte, ils croisent des copains d'Antoine. Il les salue et présente Igor mais, très vite, il leur fait comprendre qu'il a beaucoup de choses à dire à son ami, ou alors il se déplace légèrement le long du bar pour le garder tout à lui. Antoine veut tout savoir d'Igor. Il lui raconte longuement ses expéditions de plongée.

"Toi, tu sais ce que c'est… C'est rare que je puisse partager ça avec quelqu'un. Tout le monde a vu *Le Monde du silence* à l'école alors ils croient connaître… Mais toi, tu te souviens. Tes muscles sous l'eau… l'impression de découvrir une machine qu'on ne connaît pas. Dans l'air tu n'as jamais conscience de ton corps. Jamais ailleurs je n'ai été face à moi-même dans une telle solitude, un tel calme et toujours, après des années, la peur quand même parce que ça n'a rien de naturel de se trouver là, parce que je n'étais pas programmé pour ça quand je suis né, je ne suis pas un poisson… Tout au fond, je retrouve mes parents… Je suis face à eux. C'est douloureux parce qu'à chaque fois je revis leur perte mais c'est aussi un bonheur de les retrouver. Il n'y a pas d'autre endroit où je puisse être aussi près d'eux.

— Un jour, tu me trouveras du matériel et je te suivrai. Je ne descendrai pas trop loin, c'est idiot de prendre des risques, je n'ai pas plongé depuis longtemps mais je viendrai avec toi. J'ai envie de partager ça avec toi à nouveau. Ça me manque autant que tu m'as manqué."

La lumière du bar est très faible, la musique douce, l'alcool commence à faire son effet. Pour Igor, les mêmes mots seraient impossibles à prononcer en plein jour mais là, tout semble permis. On peut tranquillement se dire qu'on s'aime sans rougir et sans avoir peur des conséquences.

"Et ta vie amoureuse, ça ressemble à quoi ? Tu es heureux ?"

Igor réfléchit avant de répondre, il sourit en cherchant ses mots, Antoine reste suspendu à ses lèvres. Il aimerait évoquer Mathilde. Il se dit qu'elle n'appartient pas à sa vie amoureuse mais c'est d'elle qu'il aurait envie de parler. Antoine est peut-être l'un des seuls qui serait capable de comprendre ce qui se passe. Alors, Igor commande à boire et se lance.

"Ma vie amoureuse... J'ai un mec, ça va... C'est très injuste, j'ai rencontré Pierre quelques jours avant la mort de mes parents. Il n'y est pour rien mais notre histoire en a souffert. Je suis sûr que je l'aime mais je n'arrive pas à me dire banco, c'est lui, c'est l'homme de ma vie... Avec lui, je n'ai pas eu le temps de tomber amoureux. Tu sais, ce moment où tu irais au bout du monde sur les mains pour retrouver l'autre, moi je n'ai pas pu en profiter parce que j'étais trop malheureux. Mais je ne suis pas toujours sûr de savoir ce que je cherche, c'est comme si je n'arrivais pas à l'exprimer. Tu te souviens, quand j'étais ado, j'allais voir mes parents en Afrique. Je t'avais sûrement parlé de Karissa... C'était comme un frère que j'aurais choisi. J'avais trouvé avec lui une complicité qui se passait de mots. Plus tard, quand j'ai compris que j'étais physiquement attiré par les hommes, j'ai cru que j'allais retrouver avec mes amants cette fraternité. Tu sais aussi bien que moi ce qu'il en est…"

Antoine sourit, il attend patiemment la suite.

"Au milieu de ces incertitudes, il y a une femme autour de qui tout s'ordonne et avec qui, pourtant, je ne vis pas une histoire d'amour au sens où on l'entend habituellement. Ce n'est pas comme Pepa et toi. C'est une rencontre très importante mais qui n'est ni sexuelle ni amoureuse, enfin pas vraiment. Elle a presque soixante-dix ans."

Igor sent des picotements le long de son dos lorsqu'il énonce l'âge de Mathilde. Si Antoine éclate de rire, il ne le supportera pas. Ça sera fini, irrémédiablement. Toute la magie de la soirée tombera d'un coup. Mais Antoine ne rit pas. Il demande simplement à Igor comment il a rencontré Mathilde. Alors, il lui raconte.

"Je trouve ça merveilleux, ce qui t'arrive. C'est drôle, je ne suis pas étonné. Ça me paraît naturel que toi, tu vives une histoire comme ça. Et avec ton mec, ça va ?

— Ça me convient, pour l'instant. Je pense que j'attends quelque chose d'autre mais je ne sais pas encore quoi. Et je ne le saurai que lorsque je l'aurai trouvé… Ça peut arriver, plus tard. J'ai le temps. En attendant, je ne m'ennuie pas. Depuis que je connais Mathilde, j'ai le sentiment que tout le bonheur du monde est pour moi. Elle a une façon de me regarder, de croire en moi, de me mettre en valeur… Et ce qui me semble incroyable, c'est que je me laisse faire. Je ne supporterais ça d'aucun homme."

Igor se demande si Mathilde a réussi à s'endormir quelques heures. Vincent peut s'accrocher à la vie plusieurs jours encore. Elle doit se reposer. Bien sûr, elle ne veut pas l'entendre. Elle répondra qu'elle aura tout le temps de se reposer après, qu'elle n'aura plus que ça à faire, même…

Igor se redresse sur son tabouret, il sourit à Antoine. Depuis le début de la soirée, il sent le regard d'Antoine sur les hommes qui les entourent. Il est presque plus avide que lui, comme s'il voulait être sûr de ne pas en laisser passer un qui vaudrait la peine qu'on s'y arrête. Igor ne lui pose aucune question sur sa vie avec les hommes. Il n'a pas envie de savoir. Il voudrait garder intacte cette image d'Antoine et de Pepa ensemble, chez eux.

"Je suis content de t'avoir retrouvé. Tu as l'air heureux, ça fait plaisir à voir. En plus, tu as encore embelli. Le mariage te va bien… Je voulais te dire, je crois qu'on a bien fait de ne jamais coucher ensemble. En fait, c'est plus de ta faute que de la mienne. Quand j'étais môme ou même, la dernière fois que tu es passé à Paris, après la mort de mes parents, j'étais tellement paumé que si tu avais fait le moindre geste j'y serais allé. Je n'ai jamais bien su dire non mais à l'époque, encore moins que jamais. En plus, tu es plutôt envisageable…"

Antoine ricane et bouscule Igor comme s'il était en train de le charrier.

"Je te suis très reconnaissant de n'avoir jamais modifié nos relations. Un vieux copain, c'est plus précieux qu'un vieux coup."

Antoine dépose un baiser très léger sur les lèvres d'Igor avant de s'accrocher à ses épaules. Igor le sent bâiller dans son cou. Sans un mot, ils se lèvent et sortent du bar. Lorsqu'ils s'embrassent avant de se séparer, chacun évite soigneusement de demander quand ils se reverront. Antoine regarde Igor s'éloigner en serrant dans la poche de son blouson le bout de calandre qu'il lui a rendu. Il a déjà gravi quelques marches de l'escalier qui se dresse face à lui quand Igor le rappelle. Il se retourne.

"Antoine ! Je ne t'ai jamais remercié… Ça fait un bail, maintenant. C'est toi qui m'as fait découvrir Jean Genet. Tu as bien fait."

Antoine fronce les sourcils comme s'il ne comprenait pas, et puis son visage s'illumine. Il fait un signe de la main et reprend son ascension.

Le soleil se lève sur la corniche quand Igor rentre à l'hôtel. Le veilleur de nuit est déjà parti. La patronne lui propose de faire monter un petit déjeuner dans sa chambre et Igor accepte.

Par la fenêtre, il regarde les premiers rayons du soleil caresser la mer. Mathilde est déjà réveillée. Igor compose son numéro.

"Mathilde, c'est Igor.

— Ça y est, c'est fini. Cette nuit. J'étais près de lui. L'infirmière m'a appelée vers onze heures, elle sentait que c'était la fin. Je suis arrivée juste à temps, j'ai pu lui tenir la main. Il est parti dans un souffle. La vache, c'est dur… On sait que ça va arriver mais on n'imagine jamais que ce sera aussi difficile. Bon, je n'ai pas envie de pleurer avec vous, alors je vais raccrocher. J'ai les yeux comme des pommes de terre… Merci Igor, merci d'être là…

— Accrochez-vous, Mathilde. Tenez bon. Demain, je serai avec vous."

On frappe à la porte et une très jeune fille entre avec le plateau. Elle a les cheveux noirs très frisés et de bonnes joues de paysanne. Tout son corps respire la santé. Igor lui sourit.

“Vous êtes bien matinal, vous alors ! Moi, je dois me forcer le matin, c'est difficile pour ça, ce métier. Mais c'est vous qui avez raison… Avec ce soleil ce serait gâcher que de dormir.

— En fait, je ne suis pas levé, je viens de rentrer, je finis ma nuit…

— Oh, tricheur !… Dormez bien, alors.”

Igor trempe un croissant dans sa tasse et il s'assied à la table sous la fenêtre. Il sort un stylo et du papier et se perd dans la contemplation de la mer. Il voudrait écrire une belle lettre.

Mathilde,

Je viens de raccrocher le téléphone. Devant moi, le soleil sur la mer et le ciel, d'un bleu extraordinaire. Vincent est mort il y a quelques heures et pourtant le monde ce matin est splendide, débordant de vie. Je ne connais pas votre douleur, elle vous appartient, mais je sais qu'elle est immense. Je voudrais juste vous dire que je suis votre ami et que j'essaierai de faire tout ce qui m'est possible pour alléger votre peine. Je suis à côté de vous, tout près, et je vous offre mon épaule.

Depuis quelques minutes, je sais que Vincent est mort. Je ne l'ai jamais rencontré et pourtant, j'éprouve sa perte comme si je l'avais connu. Il y a chez vous une faculté extraordinaire à faire aimer ceux que vous aimez. Par vos récits, par votre émotion tout au long du lent chemin de Vincent vers la mort, vous avez su me le faire découvrir et ressentir pour lui une sorte de vraie fraternité.

Si je pense à Vincent et vous, il me vient l'image de deux enfants qui se sont rencontrés et se sont reconnus. Vous aviez sans doute signé avec lui un pacte de vie comme font les mômes. Et voilà que Vincent vous abandonne... Vous devez continuer le chemin sans lui. C'est possible et insurmontable tout à la fois. J'essaierai de vous aider.

Mathilde, Paul va sûrement arriver d'un moment à l'autre. Vous allez vous cacher dans ses bras et comme il vous l'a promis, il vous emmènera jusqu'à la mer. Vous vous baignerez et vous mélangerez vos pleurs au sel de l'Atlantique. Vos larmes méritent un océan. A votre retour, je serai en Grèce pour le travail. Je crois que c'est une petite île calme et ensoleillée. Ça me ferait très plaisir que vous m'y rejoigniez.

Mathilde, que faire, sinon être là, tout près, en sympathie avec votre peine ?

Je rentre demain à Paris. Peut-être arriverai-je avant cette lettre ?

Je vous embrasse fort.

Igor.

Il n'y a encore personne dans les rues. Igor a oublié ses lunettes de soleil et il plisse les yeux sur le chemin de la poste. Il inspecte méthodiquement les panneaux sous chaque boîte aux lettres avant de glisser son enveloppe dans la bonne fente.

Il rentre se coucher avec le sentiment d'avoir fait ce qu'il devait faire.

Mathilde est assise sur le sable, protégée du soleil matinal par un grand chapeau de paille. D'ici une heure ou deux, il fera chaud et elle nagera vers le large avant de s'exposer au soleil. Comme toujours, devant la mer, elle pense à Vincent, à tous ces étés avec lui à Roscoff. Il l'a toujours emmerdée avec ses réflexions moralisatrices mais il faut croire qu'elle aimait ça. Elle ne devait pas rester aussi longtemps au soleil, c'était mauvais pour la peau, elle ne devait pas se jeter à l'eau juste après déjeuner, elle risquait l'hydrocution, elle ne devait pas tant parler aux voisins de table de l'hôtel, c'était gênant. Devant elle, à la limite des vagues, Igor s'agite au milieu d'un groupe d'hommes. Il porte une combinaison en caoutchouc, cette gaine noire fait ressortir la courbe de ses reins et le galbe de ses fesses. Mathilde réprime un signe de la main. Igor est en train de travailler, elle ne veut pas le gêner. En venant le rejoindre en Grèce sur son lieu de travail, elle s'est juré d'être discrète.

Igor écoute attentivement les instructions des archéologues. Comme tous les jours, il les a retrouvés ce matin de bonne heure, au bar de leur hôtel, pour faire le point sur l'avancement du chantier. Ils cherchent des fragments de colosses et pour le moment ils ont découvert plus de membres que de têtes. Certains ont peut-être été décapités avant d'être noyés. Il s'agit maintenant de concentrer les recherches sur les têtes en élargissant le périmètre. Igor doit donc commencer par accompagner le géomètre chargé des relevés pour déplacer les bornes de repères.

Igor a déjà endossé les bouteilles et, avant de mettre son masque, il fait un grand signe à Mathilde. Tout le groupe se tourne vers elle pour la saluer bruyamment. Igor est trop loin pour la voir rosir de bonheur. Il entraîne le géomètre vers le large. Mathilde sort son appareil photo et commence à mitrailler.

A l'heure la plus chaude de la journée, Mathilde se réfugie à l'ombre d'une treille pour manger une friture de poulpe. Elle arrive juste à temps sur la plage pour voir Igor disparaître à nouveau dans les profondeurs de l'eau. Ils sont nombreux à plonger, cette fois. D'autres attendent sur des Zodiac au large en remplissant des carnets de relevés. Mathilde retire sa robe turquoise et s'installe sur sa serviette au milieu des familles et des enfants de l'île. Elle repère immédiatement une femme de son âge et s'approche pour lui proposer de conclure un marché. Si elle lui enduit le dos de crème solaire, elle lui rendra la pareille. Elle se demande d'abord ce que Mathilde lui veut, elle semble mal comprendre l'anglais et puis, ses yeux s'illuminent. Elle trouve même l'idée formidable.

Mathilde retourne s'installer sur le ventre face à la mer pour pouvoir surveiller les opérations et guetter la sortie d'Igor, l'appareil photo à portée de main. Elle a décidé de relire Balzac pendant les vacances mais elle referme rapidement le livre parce que le va-et-vient des Zodiac et des plongeurs accapare toute son attention.

Igor ressort sur une plage minuscule entourée de tamaris. Il est soulagé de retrouver la terre ferme. Au moment où il a compris qu'il avait un problème de détendeur, il s'est laissé envahir par la panique. Ce n'était pourtant pas grave mais il lui a fallu quelques instants avant de retrouver ses esprits et faire comprendre aux autres qu'il devait remonter à la verticale pour gagner du temps. Igor ne connaît pas l'endroit où il se trouve mais en sortant du bouquet d'arbres, il aperçoit le village, tout près, et comprend qu'il est du côté de sa plage préférée, celle où il ne peut pas emmener Mathilde. Il ne plongera plus aujourd'hui, autant en profiter. Igor cache son matériel dans un buisson, il viendra demain le chercher en voiture. Il longe la côte jusqu'à la pointe et descend un sentier escarpé en observant les hommes nus allongés au soleil mais il ne repère rien d'exceptionnel. Igor choisit une place stratégique, devant les buissons d'aloès, et il retire sa combinaison de plongée. Il s'étend au soleil mais il est encore tôt et il est rapidement obligé d'aller se rafraîchir dans les vagues. Il nage un moment, la sensation de l'eau sur sa peau est agréable après une matinée enfermé dans sa combinaison.

Lorsque Igor revient sur le sable, un bel homme à la peau cuivrée s'est installé à côté de lui. Il se sent irrésistiblement attiré par son odeur, presque envoûtante. Il ose laisser son regard s'attarder sur le corps de son voisin et ce qu'il découvre le trouble particulièrement mais il est incapable de parler.

L'homme ne s'attarde pas sur la plage. Il entoure ses reins d'un linge blanc avant de ramasser son sac et de disparaître en escaladant les rochers. Igor enfile sa combinaison et lui emboîte le pas. Une fois sur le sentier caillouteux, il court pour essayer de le rattraper mais il a disparu.

Plusieurs plongeurs sont déjà revenus sur la plage. Mathilde les regarde se débarrasser de leurs bouteilles d'oxygène et retirer leurs combinaisons pour profiter du soleil. Elle s'amuse à faire pour elle-même des paris sur la forme et la couleur de leurs maillots de bain. L'un d'eux, un jeune homme blond, pique une tête et part en crawl à l'opposé de la zone de plongée. Igor n'apparaît toujours pas mais Mathilde ne s'inquiète pas, il lui a expliqué qu'il faisait partie de ceux qui restent le plus longtemps sous l'eau.

Les deux Zodiac reviennent sur le rivage. Les hommes rangent leur matériel sur les remorques. Mathilde remet le haut de son maillot, elle se redresse. L'équipe remonte vers le village en tirant les Zodiac. Igor n'est toujours pas réapparu. Mathilde se lève mais elle n'ose pas courir après les plongeurs pour leur demander où est Igor. Un tracteur passe devant elle. Un homme en descend pour arrimer la remorque. Mathilde lui dit qu'Igor est toujours sous l'eau, que les autres l'ont oublié mais elle se rend compte qu'il ne comprend pas l'anglais.

Mathilde se sent envahie par une angoisse qu'elle croyait avoir repoussée loin d'elle. Ses jambes ne la portent plus qu'à peine, elle sent venir la nausée et se revoit monter jusqu'à l'appartement de Vincent, se demandant s'il serait vivant ou mort lorsqu'elle entrerait dans sa chambre. Elle essaie de se raisonner. Depuis sa mort, elle voit tout en noir.

Mathilde entasse ses affaires en désordre dans son sac. Elle reste debout, son cabas au bout du bras, ne sachant plus où aller. Elle imagine déjà le pire. Qui doit-elle prévenir ? Pourquoi retourner au village ? Elle n'a qu'à attendre ici, il va arriver. Oui, depuis qu'elle connaît Igor, il a toujours été là quand il fallait, il va apparaître.

De retour à la pension, Igor prend une douche en attendant Mathilde. Comme elle tarde à rentrer, il décide d'aller la retrouver. Sur le pas de la porte, il reste un moment immobile. L'homme de la plage est assis sur le muret en face de la maison et lui sourit. Il lui demande s'il veut bien le retrouver le soir, au café. Satisfait de la réponse, l'homme disparaît à nouveau.

Lorsque Igor arrive sur la plage, il ne reste que des enfants qui se disputent une barre de nougat et déjà, des couples de jeunes amoureux qui viennent s'asseoir sur le muret à la limite du terrain de sport en attendant la nuit. Igor aperçoit Mathilde debout sur le sable, un cabas à la main, perdue dans la contemplation de la mer. Intrigué, il l'appelle. Elle se retourne et pousse un cri. Igor s'aperçoit qu'elle a éclaté en sanglots et il se précipite pour la prendre dans ses bras.

“Vous m'avez fait tellement peur…

— Je suis désolé. Je ne pensais pas que vous m'attendiez… Je ne pouvais pas imaginer… Excusez-moi. J'ai eu un problème avec mes bouteilles et j'ai dû sortir plus loin. J'ai regagné à la nage une crique de l'autre côté.

— Oh, Igor, excusez-moi… Je suis ridicule. J'ai eu tellement peur."

Mathilde sourit en séchant ses larmes avec son avant-bras.

Igor et Mathilde sont seuls sur la terrasse de la pension. Elle porte une djellaba rouge éclatante. Igor s'est déjà habillé pour son rendez-vous, pensant que se changer avant de sortir risquait d'éveiller les soupçons. Après avoir longuement hésité, il a choisi ce qui faisait le moins prémédité, tee-shirt uni, jean confortable, espadrilles.

"Vous êtes superbe, ce soir, Igor. Ce tee-shirt vous met en valeur.

— Le rouge vous va aussi très bien.

— Pas de ça entre nous. Lorsque je vous dis que vous êtes beau, c'est totalement gratuit. Je n'attends aucun compliment en échange."

Mathilde adresse à Igor un sourire enjôleur et ils trinquent. Les glaçons cognent contre le verre de Mathilde et Igor a une pensée pour un ancien amant très chic qui l'emmerdait avec le cérémonial guindé des grands vins. Il pousserait sans doute de hauts cris en la voyant mettre systématiquement des glaçons dans le vin et même dans le champagne qu'elle agite ensuite avec une baguette pour faire monter les bulles.

"Buvons au bonheur d'être ensemble et aussi, à vos amours."

Igor ne relève pas, il se demande s'il va inventer un prétexte pour descendre au port ou dire simplement à Mathilde qu'il a rendez-vous avec un copain.

“Aujourd’hui, au village, j’ai trouvé un bazar où ils développent les photos. Je leur ai donné mes deux premières pellicules. Ça m’a étonnée, c’est aussi rapide qu’à Paris, je les aurai demain.

— Je n’ai jamais fait beaucoup de photos mais je crois que si j’en faisais, mon grand plaisir ce serait de garder mes pellicules et de les faire développer toutes en même temps, à mon retour à Paris. Ce serait comme repartir en vacances.

— Vous savez, je n’ai pas photographié beaucoup de paysages… Je suis obligée de dire que ce ne sont pas vraiment des photos de vacances.”

A la fin du repas Igor commande un café, ce qui est très inhabituel le soir, mais Mathilde s’interdit tout commentaire. Il se lève de table, cherchant ses mots.

“Vous sortez ? Moi, je suis fatiguée… La peur de vous avoir perdu m’a épuisée. Bonne soirée, mon Igor, amusez-vous bien. A demain. Je dormirai sûrement lorsque vous rentrerez. Donnez-moi un petit baiser avant de vous sauver.”

Igor descend les grandes marches plates qui mènent au port. Sur le quai, il adopte une démarche nonchalante pour passer devant les terrasses des cafés. Il examine chaque table à la recherche d’un visage qui tout à coup lui échappe totalement. Il ne sait plus à quoi ressemble celui qu’il cherche. Au moment où il s’approche des bateaux, une main se pose sur son épaule. Igor se retourne, l’homme est face à lui, ses yeux noirs plantés dans les siens.

“Chez moi, c’est là-bas.”

Il lui désigne une maison à la sortie du village et Igor le suit.

A l’aube, Igor se libère de l’étreinte de son amant pour se rhabiller. Avant de disparaître, il prend le temps de poser un baiser sur ses lèvres.

Igor frappe à la porte de Mathilde. Elle l'attend, radieuse au milieu de son petit désordre habituel. Des livres de poche encombrent le dessus-de-lit, des paréos et des djellabas traînent par terre.

"Igor, vous avez une mine radieuse, ce matin. Vous avez dû rentrer de bonne heure, vous avez l'air reposé. Moi, j'ai dormi comme une masse. Vous voyez, ça fait beaucoup de bien à mon cœur de battre un peu plus fort. Déjà que j'ai perdu dix ans en vous rencontrant, si vous continuez, je vais finir en minijupe ! Allez, filez, j'aime les hommes qui travaillent !"

Dehors, le soleil brille déjà. Igor met ses lunettes de soleil. Mathilde l'appelle de sa fenêtre. Il se retourne et la voit, l'appareil photo collé à l'œil. Igor pose un genou en terre et il écarte les bras comme un chanteur napolitain. Puis il se relève et descend au village.

Igor surveille sa cafetière. Une carte postale est accrochée au-dessus de la gazinière, des poissons colorés sur un fond marin. Igor connaît par cœur le texte, au dos : *"Me suivras-tu sur terre ? Je t'attends. Pierre."* Les algues et les coraux sont fluorescents. Les poissons bougent si l'on incline légèrement la carte.

Assis dans son fauteuil préféré, Igor est heureux de se réveiller seul chez lui. Hier, en fin de soirée, Pierre l'a appelé de Syrie, ils ont parlé longtemps. Pierre ne lui a pas redemandé s'il était décidé à le rejoindre et Igor n'a pas évoqué la carte postale. Il était heureux d'entendre sa voix et de constater que Pierre lui manquait. Sa solitude était soudain très douce.

Les plantes que Pierre lui a confiées en partant piquent du nez. Au moment où il saisit l'arrosoir, le téléphone sonne. Une voix de femme le demande. Igor croit reconnaître la secrétaire de Pierre. Elle tape au fur et à mesure les bandes magnétiques qu'il enregistre au dictaphone et qu'il lui poste de Syrie.

"Oui, Christine, c'est moi. Bonjour. Comment allez-vous ?

— Excusez-moi, je suis… Vous ne me connaissez pas, je suis Clara, la fille de Mathilde Klain…"

Igor se sent pris de vertige. Instinctivement son corps se courbe comme pour accuser un choc violent. Il voudrait lâcher le combiné, ne jamais avoir décroché. Il connaît déjà la suite, c'est toujours par le téléphone qu'arrivent les mauvaises nouvelles et l'histoire se répète indéfiniment.

"Je vous appelle… Mathilde… Elle est morte…"

Igor sait que cette femme lui dit la vérité, Mathilde est morte, et pourtant, il ne veut pas la croire. Tout va trop vite. Ce n'est pas possible, sa fille s'est trompée. Il a déjeuné avec Mathilde hier midi, elle était en pleine forme, joyeuse et drôle comme d'habitude. Lorsqu'il lui a parlé de Pierre, Mathilde est montée sur ses grands chevaux avec une vigueur imprévue.

"Ecoutez, Igor, cessez de vous comporter comme un petit con ! Vous avez peur de quoi exactement ? C'est quand même un comble ! Vous savez que je n'ai aucune envie que vous partiez et pourtant c'est moi qui suis obligée de vous mettre un coup de pied au cul. Vous vous souvenez du vieux crabe de l'émission de radio ? Vous avez envie de finir comme lui ? Moi, c'est l'amour qui m'a toujours fait avancer. Vous savez très bien que je déteste les gens économes d'eux-mêmes. Et ça ne vous ressemble pas du tout. Quand on a fait ce que vous avez fait pour moi au moment de la mort de Vincent, on n'hésite pas à rejoindre l'homme qu'on aime en Syrie ! Vous n'avez rien à craindre, mon Igor, la vie vous tend les bras… Pour vous comme pour moi, l'amour sera toujours prioritaire."

Lorsqu'il est ressorti de chez elle, Igor était un peu sonné, il est rentré faire la sieste. Dans l'après-midi, le téléphone l'a réveillé. Mathilde voulait lui raconter une blague sur Lady Di et le prince Charles qui la faisait hurler de rire. Après, c'était la nuit, elle s'est couchée avec ses livres et sa radio…

"La femme de ménage l'a trouvée ce matin en arrivant. Le médecin part à l'instant. Elle m'a souvent parlé de vous. J'ai voulu vous prévenir rapidement."

Igor s'entend répondre que c'est très gentil, qu'il la remercie, qu'elle n'hésite pas à le rappeler s'il peut faire quelque chose… Il raccroche et éclate en sanglots, il se roule sur le tapis en gémissant. La cafetière qui est restée sur le feu émet des gargouillements inquiétants et la soupape de sécurité finit par exploser. Igor se relève, il coupe le gaz, il se sent seul au monde et terriblement vulnérable. Il branche le répondeur téléphonique.

La fille de Mathilde ouvre la commode. Elle découvre plusieurs dossiers et une grosse enveloppe à son nom. Elle enlève le tiroir de sa glissière et le transporte jusqu'au canapé. Assise à la place de sa mère, Clara ouvre l'enveloppe. Elle trouve le livret de famille, les références des comptes en banque, le bail de l'appartement et d'autres papiers administratifs. Sur une feuille bleu pâle, Mathilde a fait la liste des personnes qu'il faut prévenir à sa mort. Clara remarque que plusieurs numéros de téléphone ont été corrigés. Clara a pris d'elle-même l'initiative d'appeler Igor en cherchant son numéro dans l'agenda de sa mère. Malgré son chagrin, elle éprouve une certaine satisfaction à avoir fait d'elle-même ce qu'il fallait. Le nom d'Igor écrit de la main de sa mère tout en haut de la liste est un assentiment.

Parmi les dossiers, Clara trouve une chemise cartonnée sur laquelle est inscrit le nom d'Igor. Une partie du contenu glisse, des photos se répandent sur le parquet. Clara les ramasse une par une et découvre des images d'un homme très jeune, pas toujours très habillé. Son regard bleu fixe chaque fois l'objectif. Tout à l'heure, en cherchant l'agenda dans le sac à main de sa mère elle est tombée sur des lettres pliées en quatre qu'elle a lues. Elles étaient toutes signées d'Igor et leur contenu l'a étonnée. Elle ne s'était pas imaginé leur relation telle que ses lettres la dévoilent. Igor semble très attaché à sa mère, attentif comme s'il avait peur de la perdre. Dans la chemise, Clara découvre toute une correspondance tapée à la machine. Ce sont les doubles au carbone des lettres que sa mère envoyait à Igor. Elle les parcourt en diagonale et les met de côté, projetant de les lire avant de les rendre à leur destinataire.

Clara attrape le téléphone et, reprenant la liste établie par sa mère, elle poursuit sa longue et douloureuse mission. En bas de la première colonne, un nom attire son regard. Elle décide de commencer par là.

"Excusez-moi de vous déranger. Voilà, ce n'est pas facile, vous ne me connaissez pas. Je m'appelle Clara, je suis la fille de Mathilde Klain, une amie d'Igor. Ma mère a voulu que je vous appelle. Vous portez le même nom qu'Igor… Vous êtes de sa famille ?

— Oui, je suis son frère. Il est arrivé quelque chose à Igor ?

— Vous connaissiez ma mère ?

— Non, pas du tout. Je n'ai pas vu mon frère depuis longtemps… Il lui est arrivé quelque chose ?

— Non, je l'ai eu au téléphone il y a une heure pour lui annoncer la mort de ma mère… J'ai trouvé votre nom sur la liste qu'elle avait préparée. Elle voulait que vous soyez prévenu de sa mort.

— Pourquoi ?

— J'ai trouvé des lettres et des photos. Je ne veux pas être indiscrète mais j'ai compris qu'ils étaient très proches. Votre frère va être complètement perdu dans les jours qui viennent. Ma mère le savait. Elle a dû penser qu'il aurait besoin de vous. Il faut que vous veniez."

Igor arrive devant l'immeuble de Mathilde et il lève la tête vers les fenêtres de son appartement. Les volets de sa chambre sont fermés. Il serre son bouquet de roses contre le cuir de son blouson. Dans l'ascenseur, Igor s'essuie les yeux, il respire fort. Il repense à l'expression de Mathilde après la mort de Vincent *"J'ai les yeux comme des pommes de terre"* et il sourit. Il sonne mais ne peut réprimer un mouvement de recul en voyant apparaître dans l'entrebâillement un visage qui n'est pas celui de Mathilde. Immédiatement, il rougit et s'excuse. La femme qui lui a ouvert a une quarantaine d'années.

"Je suis Clara, la fille de Mathilde."

Elle lui sourit malgré ses yeux creusés par les larmes. Elle s'approche pour l'embrasser. Igor songe qu'il devrait se présenter. Il dit son prénom qui franchit à peine ses lèvres, cassé en deux par une sorte de hoquet.

"Je vous avais reconnu. Il y a des photos de vous partout dans la maison. Ma mère vous aimait énormément. Entrez, venez avec nous."

Igor reste sur le seuil du salon et, découvrant ce qui ressemble à une famille, il est pris de vertige. Il n'ignorait pas que Mathilde avait une fille, des petits-enfants, mais ils n'en parlaient jamais. Tout à coup, ces visages qui lui sourient l'impressionnent, il a le sentiment de ne pas être à sa place. Clara le présente, tout le monde semble savoir qui il est.

Paul se lève du fauteuil où il est effondré pour saluer Igor. Il ne l'imaginait pas si âgé. Il s'avance vers lui d'un pas mal assuré et prend longuement sa main dans la sienne. Igor a du mal à retenir ses larmes. Il a dormi dans le lit de cet homme mais il ne l'avait jamais rencontré. Paul l'entraîne vers la cuisine. Il s'adosse au frigo et cherche ses mots.

"Mathilde vous aimait beaucoup. Nous ne nous connaissons pas mais je sais qui vous êtes, elle me parlait souvent de vous."

De grosses larmes inondent ses yeux, il n'arrive plus à parler. Il sort un mouchoir pour s'essuyer les yeux et invite Igor à retourner avec les autres au salon. Clara vient à sa rencontre.

"Vous voulez la voir. Je vais vous emmener auprès d'elle."

Igor récupère son bouquet sur la commode de l'entrée et la suit jusqu'à la porte close de la chambre.

"Voilà, je vous laisse seul avec elle."

Igor reste un moment la main sur la poignée de la porte de la chambre, redoutant l'image concrète qu'il va découvrir. La pièce, fraîche et sombre, baigne dans un silence impressionnant. Mathilde est allongée bien droite sous les draps blancs. Elle a un air grave de petite fille qui, exceptionnellement, a décidé de rester sérieuse. Son visage porte l'empreinte d'un calme affecté comme quelqu'un qui fait une farce et qui souhaiterait qu'on y croie. Igor voudrait que ses paupières se soulèvent et qu'elle éclate de rire pour se moquer de ses yeux comme des patates mais cela n'arrivera pas. Igor n'ose pas s'approcher du corps froid. Il se met à genoux au pied du lit et défait le papier sulfurisé qui entoure les fleurs.

Il a choisi des roses de jardin orange, celles que Mathilde aimait tant. Comme d'habitude, Igor va chercher un vase dans la salle de bains. Comme d'habitude, il le remplit dans la baignoire. Tout est normal mais il n'y a pas de poulet au four, seulement, sur la table de la salle à manger qui n'a pas été débarrassée, les restes du déjeuner de la veille. Tout est figé, immobile pour toujours. Un reste de vin a séché au fond des verres. Deux couverts face à face, Mathilde et Igor, tout va rentrer dans l'éternité. Dans quelques heures, Mathilde aura quitté cet appartement.

Igor pose le bouquet sur la table de nuit. Il s'assied au pied du lit et se met à parler à voix haute. Dans l'intimité de la chambre mortuaire, il s'est mis à tutoyer Mathilde alors qu'ils ont toujours mis un point d'honneur à se vouvoyer. Il se reprend, rien ne doit changer.

Dans un fauteuil, sous une écharpe, Igor trouve l'appareil photo de Mathilde. Il ouvre le boîtier et en extrait la pellicule qu'il glisse dans la poche de son jean. Il prend le disque de Piaf et celui de Bach qu'ils écoutaient ensemble. Il resserre sa ceinture de deux crans, coince bien son tee-shirt sous son jean et glisse les compacts dans son encolure. Igor trouve encore une grande écharpe en soie bleue qu'il lui avait offerte pour son anniversaire et la glisse aussi dans son tee-shirt. En la serrant contre lui, il sent monter l'odeur de Mathilde. Au fond d'un tiroir, Igor choisit une bague berbère en argent à sa taille.

Du bout des doigts Igor envoie à Mathilde des baisers pour la route. Il referme doucement la porte de la chambre comme pour ne pas la réveiller et il retourne au salon. Sur le canapé, deux enfants s'écartent pour lui faire une place. Igor ne trouve rien à dire, il se lève, embrasse Clara et Paul avant de quitter l'appartement. Il redescend à pied, les escaliers sont interminables.

Dans la rue, Igor s'assied sur une poubelle pour pleurer. Tout à l'heure, il tentera de faire comprendre à Pierre qu'il ne doit pas rentrer, il veut être seul pour l'enterrement. Puis il sortira et s'obligera à passer la nuit dehors.

Igor passe l'anneau berbère à son majeur gauche et enroule autour de son cou l'écharpe de soie. Il sort ses lunettes de soleil et disparaît dans la masse des passants.

Laurent accélère. La voiture est traversée par un faisceau lumineux alourdi de brume. Igor fixe la nuit droit devant lui. Il a calé son cou contre l'appuie-tête et il ne bouge plus. La ceinture de sécurité barre son corps engourdi, l'empêchant de basculer. Le vide qui a envahi sa tête depuis quelques heures est parfois troublé par des images désordonnées.

Il a attendu son tour pour passer devant la fosse. Il s'est arrêté longtemps devant le cercueil. En quittant la tombe pour rejoindre l'allée centrale, Igor s'est pris les pieds dans les racines d'un if et un homme l'a rattrapé au moment où il allait tomber. Il s'est laissé glisser entre ses bras pour pleurer. Puis il s'est redressé pour s'excuser. Lorsqu'il a reconnu Laurent, Igor est resté muet et il s'est de nouveau effondré. Il était trop suffoqué par ses propres sanglots pour sentir ceux qui secouaient le corps de son frère.

"C'est un grand pavillon moderne au bord de la Loire. Nous avons fait construire. Quand mes beaux-parents ont vu que le magasin commençait à marcher, ils nous ont prêté l'argent pour le terrain. On a fini de poser les papiers peints juste avant l'accouchement. Comme dit toujours ma femme, chez nous, ça passe ou ça casse. Ils t'attendent, tu sais. Sandrine a hâte de te connaître, elle est fille unique. Tu verras, Vincent n'arrive pas bien à prononcer ton nom. Il dit *Rilor* ou un truc comme ça… J'ai essayé de lui faire répéter mais rien à faire. Moi, en plus, je m'énerve vite avec les gosses. Tu verras, c'est formidable, les enfants. Mon petit Vincent, c'est mon grand amour."

Mathilde avait raconté à Igor que les cendres de Vincent avaient été dispersées en Provence sous un olivier. Elle lui avait parlé de l'incinération interminable et pénible, de la musique et des poèmes en attendant l'urne, tout le monde bavardant comme à un cocktail. Au cimetière, aujourd'hui, l'assemblée était silencieuse. Igor a vu des hommes âgés aux visages tristes et aux corps voûtés. Certains d'entre eux étaient-ils d'anciens amants de Mathilde ? Le jeune cardiologue était-il venu ? Igor ne sait même pas de quoi elle est morte. Si le cœur a lâché, Mathilde se savait-elle malade ? Peut-être a-t-elle préféré ne rien dire ? Elle a disparu brutalement, comme ses parents, lui épargnant le spectacle de la déchéance.

"Tu ne fais pas de sport… A part ton travail, je veux dire… Moi, depuis que je m'y suis mis, je ne sais même plus comment je vivais avant. Tous les matins, je fais mes vingt kilomètres en vélo, avec le magasin à ouvrir, je n'ai pas le temps de faire plus. Mais le week-end, je me rattrape… Là, je fais mes cent ou cent cinquante bornes… Je m'occupe du club, c'est le minimum que je puisse faire. Je leur vends le matériel, ils viennent tous chez moi alors je gère les inscriptions et les comptes bénévolement. Enfin, Sandrine m'aide aussi. Depuis la naissance, elle vient à mi-temps mais c'est une passionnée de vélo. Tu verras, elle s'y connaît sûrement mieux que toi."

Igor ne sait même pas quelle heure il peut être. L'autoroute est déserte. La voiture avale régulièrement les pointillés blancs du marquage au sol. Il jette un œil au tableau de bord mais il n'y a pas d'horloge. Il a l'impression que Mathilde est en train de lui dire quelque chose. La petite ceinture de sécurité du siège bébé pend sur la banquette arrière. Igor essaie d'imaginer le fils de son frère. Vincent n'arrive pas à prononcer son nom.

"La vie, ce n'est pas compliqué, finalement. Une maison et une petite famille bien à toi… Des copains avec qui tu partages la même passion… Le week-end, la maison est toujours pleine. On fait un grand barbecue et voilà, tout le monde est content. De toute façon, Sandrine aime bien voir du monde. Tu verras, elle est très accueillante. Je vais m'arrêter sur le prochain parking. J'ai envie de pisser."

Laurent s'engage sur la voie de ralentissement. C'est une aire de repos qui n'a ni station-service ni cafétéria, juste une bâtisse carrée avec des sanitaires et tout autour des arbres qui, au fil des années, ont prospéré jusqu'à former un petit bois. Igor est frappé par le nombre de véhicules rangés sur le parking, quelque chose dans la disposition des tables à pique-nique et des poubelles lui semble familier. Igor reconnaît l'endroit pour s'y être arrêté parfois. C'est un haut lieu de drague masculine. Igor regarde son frère en se demandant s'il sait où il met les pieds. Laurent est impassible, il descend de la voiture et se dirige vers les toilettes.

Igor ouvre sa portière. Debout contre la voiture, il regarde les hommes se frôler du côté du bois. Il en sort de partout et chacun tente sa chance avec le premier venu.

Laurent arrive en courant. Il finit de rajuster son pantalon. L'effroi déforme les traits de son visage, on dirait qu'il vient de voir le diable.

"Rentre dans la voiture. On s'en va, il n'y a que des pédés, là-dedans. Vite, ferme ta portière, ne reste pas là à traîner. Dépêche-toi.

— Mais je pensais que tu le savais…

— Ça va pas, non ?

— Excuse-moi, je pensais que tu t'étais arrêté exprès.

— Traite-moi de tapette, aussi, tant que tu y es !"

Laurent a l'air terrifié, il tourne la tête lorsqu'un homme s'approche de la voiture en brandissant son sexe.

"Est-ce que tu sais que je suis homosexuel, au moins ? J'aime un homme, je fais l'amour avec lui et j'aime ça.

— Ça ne me regarde pas, tu fais ce que tu veux. Je ne veux pas savoir ce que tu fais dans ton lit. Tu as un ami, c'est bien. Tu n'en parles pas devant mon fils, c'est tout."

Igor voudrait descendre de la voiture mais la fatigue ne lui permet pas le moindre mouvement.

Depuis son arrivée dans la maison, Igor a commencé par tourner en rond un moment. Il a essayé de s'allonger dans le lit qui lui a été attribué mais il lui est toujours impossible de dormir. Depuis la mort de Mathilde, il ne trouve plus le sommeil tant qu'il fait nuit, il parle tout seul, faisant défiler dans sa tête des images de sa vie avec elle.

Igor a traîné son oreiller jusqu'à la salle de bains et l'a posé sur le rebord de la baignoire. Sans bouger la tête, il détaille le mobilier autour de lui. Il n'y a rien de remarquable. Les meubles en pin de chaque côté du lavabo sont assez neutres. Sur une étagère au-dessus du radiateur, il découvre les parfums de la maison. Il y a un flacon métallique qui ne peut être qu'à Laurent, une fiole en verre assez torturée qui doit contenir le parfum de sa femme, des laits de toilette, un parfum pour bébé décoré d'éléphants bleus et des lotions capillaires. A côté du lavabo, un panier en forme de canard contient un pot-pourri de pétales séchés. Igor fixe le plafond et tente de vider son esprit de toute image.

Une main frotte l'oreille d'Igor, il se réveille brusquement. Un petit garçon aux yeux noirs lui fait face. Il le regarde avec un air concentré comme s'il était devant la télévision. Sa main s'arrête sur l'épaule d'Igor.

"Rilor ?"

Igor sort de l'eau une main fripée de blanc et la pose sur les cheveux bouclés de Vincent. Il n'avait pas imaginé qu'il puisse être beau. Vincent s'est perché sur un marchepied en plastique pour atteindre son épaule. Il doit mesurer quatre-vingts centimètres mais Igor n'a aucune idée de l'âge qu'il peut avoir. Il porte un pyjama décoré de lapins. Il se hisse sur la pointe des pieds et il pose sa tête sur l'épaule d'Igor.

Du couloir, une voix de femme appelle Vincent.

"Viens vite au lit. Ce n'est pas encore l'heure de se réveiller. Il faut faire dodo."

Vincent a les yeux grands ouverts mais il ne quitte pas l'épaule d'Igor.

"Vincent, viens maintenant. Tu ennuies Igor... On ne rentre pas dans la salle de bains quand il y a quelqu'un... Sors d'ici.

— C'est Nadine ?

— Sandrine, oui.

— Excuse-moi... Entre, je suis visible."

Igor s'enfonce sous la mousse, Vincent se redresse. La porte s'ouvre en grand et Sandrine apparaît dans une chemise de nuit jaune. Elle s'approche de la baignoire en souriant. Ses lèvres s'étirent de chaque côté d'un bec-de-lièvre. Igor sent son regard s'attarder sur sa bouche et il se reprend. Sandrine a les yeux sombres comme son fils.

"Bonjour... Excuse-moi, il a dû croire que c'était l'heure d'aller à l'école. Je vais le recoucher. Tu es insomniaque ? Ton frère aussi, quand je l'ai rencontré, il ne dormait pas la nuit, maintenant, il s'effondre tous les jours vers neuf heures et demie… Vincent, viens avec moi, il faut retourner faire dodo. On se verra demain. Je ne travaille pas, je serai à la maison…”

Sandrine prend Vincent par la main. Il la suit en gardant les yeux fixés sur Igor. Sandrine ferme la porte derrière elle.

Igor est réveillé par le soleil qui tombe sur son oreiller. Il se tourne sur le côté pour ne pas être ébloui et sent un poids sur ses chevilles. Vincent est confortablement adossé au bois du lit.

Dans la cuisine, Sandrine passe l’éponge sur la toile cirée.

“Il y a du café chaud, je viens de le faire. Installe-toi… Nous avons fini de déjeuner. Laurent a appelé, il pensait rentrer manger à la maison mais je lui ai dit que tu n’étais pas réveillé alors il a préféré rester au magasin et manger un sandwich en vitesse. Tu as vu ce temps ? C’est moi qui ai envoyé Vincent te réveiller… Il faut que tu voies le soleil, ça va te faire du bien… Vincent, on se lave les mains en vitesse, c’est l’heure de retourner à l’école. Je vais juste le conduire et je reviens. J’en ai pour dix minutes. Mange ce que tu veux, sers-toi, fouille dans le frigo et les placards, j’arrive tout de suite.”

Igor entend la voiture démarrer et s’éloigner. Il entre dans la salle de séjour à la recherche d’un fleuron du mauvais goût mais ses yeux ne croisent rien de particulièrement effrayant. Le canapé est sobre, les meubles discrets et fonctionnels. Sur les murs crépis de blanc il n’y a que l’affiche de *Diva*, le film de Beineix, et une reproduction de Van Gogh. Il inspecte la pile de compacts et trouve des disques qui figurent également dans sa discothèque. En relevant la tête, il tombe nez à nez avec un cadre posé sur la télévision. C'est une photo où ses parents sont très jeunes. Igor ne la connaît pas.

Sandrine est de retour avec une baguette fraîche. Elle l'a arrachée à la boulangère juste avant qu'elle ne baisse son rideau pour la sieste.

"Tout va bien ? Tu nous mets de la musique ? Ça fait longtemps que je n'ai pas écouté un disque tranquille. Quand je ne suis pas au magasin, je m'occupe de la maison. Pour le moment, on n'a pas de quoi prendre une femme de ménage. Entre les courses et les allers-retours à l'école, je n'ai jamais le temps de me poser. En plus, j'essaie aussi de faire un jardin qui ressemble à quelque chose… Ça fait longtemps qu'on n'a pas acheté de disques, il n'y a rien de récent. Pourtant, souvent à la radio, j'entends des trucs qui me plaisent."

Igor ne trouve pas de disque qui lui fasse particulièrement envie.

"Tu ne veux pas choisir toi-même ? Je ne sais pas quoi mettre.

— Il n'y a rien qui te plaise… Ce n'est pas ton genre de musique…

— Si, il y a des choses que j'aime bien mais je ne sais pas choisir…"

Sandrine met un disque et elle s'installe dans le canapé avec un soupir d'aise.

"Tu sais, je suis contente que tu sois chez nous. Je ne sais pas pourquoi vous ne vous voyez jamais tous les deux, en tout cas, je peux te dire que ce n'est pas à cause de moi. J'adore Michel Jonasz. Ça, c'est des souvenirs, alors. Tu sais, tu écoutes la musique et tu as tout qui revient. Tu fais de la plongée, c'est ça ? Laurent m'a expliqué vaguement. Mais, il a du mal à en parler, il fait un blocage, en fait. A cause de la mort de ses parents. Enfin, c'est les tiens aussi… Tout ce qui est sous-marin et tout, il a du mal. Au début, il avait tout le temps peur quand on allait à la mer avec Vincent, l'été. C'est un angoissé, ton frère…"

Sandrine raconte longuement à Igor sa rencontre avec Laurent à une compétition cycliste en Belgique. Elle lui rapporte des anecdotes, donne des détails mais Igor n'apprend pas grand-chose sur son frère. Il a rencontré Sandrine il y a cinq ou six ans et c'est un passionné de vélo.

"Ça, ton frère, le vélo, c'est toute sa vie… Moi, je suis bien avec lui. Je n'ai jamais eu des grands rêves ou des idées de princesse, je savais que ce n'était pas pour moi. Tu sais comment on m'appelait à l'école ? La lapine… Tout ce que je voulais, c'était une maison et une famille. Et j'ai les deux. Au printemps prochain, il y aura des jonquilles et des crocus dans mon gazon. Quand ils sortiront de terre, je serai fière."

Igor se lève et se dirige vers la fenêtre. Il regarde le jardin. Un prunus chétif penche au-dessus d'une vasque en béton où s'épanouit un gros géranium.

"A ton avis, pourquoi est-ce que je ne me suis jamais fait opérer de mon bec-de-lièvre ? Laurent ne m'a jamais rien demandé, remarque. Tu me croiras si tu veux mais j'ai tellement donné de gifles et de coups de pied à cause de ça qu'aujourd'hui, je ne veux plus changer. Tu sais, je ne suis pas un prix de beauté… Si je suis comme tout le monde, on me regardera vraiment. Alors tu vois, je préfère être monstrueuse que seulement moche… C'est comme ça. Tu vois, quand je te parle, j'ai le privilège d'avoir tes beaux yeux bleus plantés dans les miens parce que tu fixes mes yeux pour éviter de regarder ma bouche. Autrement, je ne croiserais jamais ton regard. Je suis sûre que tu as toutes les plus belles filles à tes pieds… Tu peux sortir faire un tour si tu veux. Ne reste pas pour moi. J'ai à faire…"

Igor est assis dans l'herbe sur le talus qui domine la Loire. Sur l'autre rive, le soleil baisse et les nuages se colorent. Un peu plus loin, des pêcheurs rangent leur matériel. Ils ont passé une partie de l'après-midi dans leur barque plate au milieu du courant. Vincent est assis sur ses genoux et il chantonne. Tout à l'heure, ils ont fait une course le long du chemin et Igor l'a laissé gagner. Il a poussé des cris de joie très aigus et étonnamment puissants pour quelqu'un de si petit. Ensuite, Igor l'a porté sur ses épaules et ils ont longé le fleuve jusqu'au village. Ils ont regardé passer une péniche pleine d'ardoises et ils sont revenus vers la maison.

Laurent appelle son fils et c'est Igor qui répond. Avant qu'il ait le temps de se lever pour lui montrer où ils se trouvent, Laurent apparaît avec Sandrine en haut du talus.

"Je pensais bien que vous étiez ici. C'est toujours là qu'on vient."

Laurent s'assied dans l'herbe à côté d'Igor et lui reprend Vincent pour le poser sur ses genoux.

"Sandrine m'a dit qu'il était tout le temps collé après toi… ça ne t'embête pas trop ? S'il te dérange, il faut le virer…"

Sandrine fait quelques pas le long du chemin en direction du bouquet de peupliers. Laurent bâille en disant qu'il a eu une journée chargée. En fin de semaine, les gars viennent tous en prévision du week-end. Sandrine revient et tend les bras à Vincent.

"Allez, Vincent, c'est l'heure du bain. Tu viens avec maman, on rentre à la maison. Papa va rester seul avec son frère un petit peu."

Elle prend Vincent dans ses bras et s'éloigne. Laurent et Igor regardent le fleuve droit devant eux. L'humidité remonte et les pénètre jusqu'aux os. Le silence est interminable. Un souffle de vent fait frissonner les feuilles des peupliers. Igor se tourne vers son frère.

"Je vais partir vivre en Syrie. Plusieurs années, sans doute... L'homme que j'aime m'attend là-bas."

Laurent lève la tête pour contempler le ciel. Il parle très bas, comme pour lui-même.

"Ça sent l'hiver. La nuit tombe de plus en plus tôt."

Laurent se lève et Igor le suit en silence. En restant sur le bord du chemin pour éviter les ornières boueuses, ils dépassent les tables de pique-nique que le conseil municipal a fait installer. Au moment où ils traversent la route goudronnée, Igor bifurque vers la gare. A l'heure qu'il est, il peut encore attraper le dernier train pour Paris. Son frère rentre dans la maison sans remarquer son absence. Plus tard, lorsque Vincent le réclame en pleurant, Laurent comprend que son petit frère a disparu.

REMERCIEMENTS

Pour leur aide précieuse, je voudrais exprimer ici ma gratitude à Françoise Peyron, Marie Descourtieux et André Chanet.

OUVRAGE RÉALISÉ
PAR L'ATELIER GRAPHIQUE ACTES SUD
REPRODUIT ET ACHEVÉ D'IMPRIMER
SUR ROTO-PAGE
EN NOVEMBRE 1998
PAR L'IMPRIMERIE FLOCH
A MAYENNE
SUR PAPIER DES
PAPETERIES DE JEAND'HEURS
POUR LE COMPTE DES ÉDITIONS
ACTES SUD
LE MÉJAN
PLACE NINA-BERBEROVA
13200 ARLES

DÉPÔT LÉGAL
1re ÉDITION : JANVIER 1999
N° impr. : 44947
(Imprimé en France)